Difícil perdón

MERCEDES SANTOS

Editado por Harlequin Ibérica.
Una división de HarperCollins Ibérica, S.A.
Núñez de Balboa, 56
28001 Madrid

© 2013 Mercedes Santos
© 2014 Harlequin Ibérica, S.A.
Difícil perdón, n.º 50 - 1.1.14
Publicada originalmente por Harlequin Ibérica, S.A.

Todos los derechos están reservados incluidos los de reproducción, total o parcial. Esta edición ha sido publicada con autorización de Harlequin Books S.A.
Esta es una obra de ficción. Nombres, caracteres, lugares, y situaciones son producto de la imaginación del autor o son utilizados ficticiamente, y cualquier parecido con personas, vivas o muertas, establecimientos de negocios (comerciales), hechos o situaciones son pura coincidencia.
® Harlequin, HQN y logotipo Harlequin son marcas registradas por Harlequin Enterprises Limited.
® y ™ son marcas registradas por Harlequin Enterprises Limited y sus filiales, utilizadas con licencia. Las marcas que lleven ® están registradas en la Oficina Española de Patentes y Marcas y en otros países.
Imagen de cubierta utilizada con permiso de Harlequin Enterprises Limited. Todos los derechos están reservados.

I.S.B.N.: 978-84-687-4068-3
Depósito legal: M-30275-2013

A toda mi familia. A mis padres, mis hijos, mis hermanos, mi marido y mis tíos, que han hecho posible mi sueño de ser escritora

El mayor error de mi vida
fue recibir una educación militar.
GENERAL LEE, Ejército Confederado
Norteamericano

El camino más rápido para terminar una guerra
es perderla.
GEORGE ORWELL

Puedes engañar a todo el mundo algún tiempo.
Puedes engañar a algunos todo el tiempo.
Pero no puedes engañar
a todo el mundo todo el tiempo.
ABRAHAM LINCOLN

PRIMERA PARTE

Charleston, Carolina del Sur, 1868

Capítulo 1

Margaux Lemoine cerró la carpeta de damasco azul. Tenía jaqueca de tantas vueltas como había dado a las facturas que tenía delante, pero los números seguían sin cuadrarle: solo le quedaban unos dólares en efectivo. Detestaba que al final fuera a ser cierto —como decían Tía Marion y Sophie, la cocinera— que su cerebro no estuviera hecho para tales quebraderos, que «los números fueran cosa de hombres, no de señoritas distinguidas». Seguramente así habría sido de no haber estallado la guerra, pero esta lo había cambiado todo. Ahora, estaba segura, poca gente habría en Charleston que la superase en lo que a contabilidad doméstica se refería.

Aunque su tía y los pocos sirvientes que conservaba la siguieran viendo como la chiquilla alocada y consentida que un día había sido, ahora era la cabeza de familia y tenía sobre sus hombros una gran responsabilidad. Su paso de la adolescencia a la madurez había resultado abrupto y doloroso. Hacía tiempo que había tenido que dejar de pensar en qué encaje le sentaba mejor a su camisón de seda, o qué plumas le irían mejor a su nuevo sombrero, para centrarse en cómo sobrevivir, en cómo mantener a su familia. Mal que bien había ido encontrando la solución a salto de mata, más por intuición que por preparación, una vez tras otra... hasta ahora. En eso precisamente andaba esa mañana invernal cuando comprendió, con lágrimas en los ojos, que todos los esfuerzos habrían sido inútiles si finalmente perdían Fôret Rouge, su hermosa hacienda.

A las afueras de la ciudad, en un delicioso recodo del río Ashley, había estado desde hacía más de un siglo, hasta la guerra; se trataba de una extensa plantación dedicada al cultivo del algodón, aunque ahora era un arrozal. Sucio y poco productivo, pero un arrozal al fin y al cabo; pero no podía hacer nada más.

Se limpió las lágrimas con la manga del áspero vestido de franela descolorida y firmó el pagaré. Su

Difícil perdón

padre tendría una oportunidad de recuperarse quisiese o no; lo demás...

Pensaba así resueltamente cuando una idea la sobresaltó; rechazándola inmediatamente, se negó a seguir en esa dirección. Mejor que aquello sería morir de hambre. Antes que pedir ayuda a Adam Tilman preferiría pedir limosna a la puerta de la iglesia. ¡Jamás se rebajaría a eso!, se dijo y, levantándose del escritorio que fuera de su hermano, dejó la pluma en el tintero medio seco y entregó la misiva para el doctor Mathis a Nolan, su mayordomo. Oyó abajo ruido y comprobó que era su hermana pequeña, Hortense que, acompañada de su prometido Edmund Bonnet y tía Marion, regresaban de su habitual paseo matinal.

—¡Dios, qué día más desagradable hace!— se quejó su hermana mientras se quitaba el sombrero y los guantes de piel de cabritilla despellejada y pedía a Sophie que sirviera un té caliente para todos en el saloncito verde.

Lo de verde era un decir porque ese salón, al igual que el resto de la casa, llevaba años sin pintarse y estaba desconchado, con humedades y medio vacío. Como otras viejas mansiones de Charleston, la de los Lemoine era un espejismo de lo que había sido antaño: jardín abandonado, fachada agujereada por balas de proyectil, tejado con goteras, algunas ventanas aún sin cristales tapadas con tablones de madera... y dentro más de lo mismo: escasez de muebles (vendidos, robados o destruidos en la guerra), el mínimo de servicio, pocos víveres... pero se iba tirando.

Al menos la guerra había terminado, aunque los Lemoine hubieran sufrido más que otros: Albert, el heredero, había muerto en el frente casi al final del conflicto y su madre no había tardado mucho en seguirle a la tumba. Davinia Lemoine no había aguantado el golpe y tampoco lo había hecho el padre, Hervé, que desde entonces no levantaba cabeza. Un mes tras otro, una enfermedad tras otra, el señor Lemoine parecía no querer seguir viviendo, pero sus dos hijas se empeñaban retenerle a su lado.

A pesar de lo diferentes que eran —una rubia, dulce y comprensiva y la otra morena, orgullosa y altiva— habían terminado congeniando y trabajando codo con codo para salir adelante con la ayuda de su tía, que ejercía de matrona, ante el total desinterés paterno. Las dos hermanas se habían repartido las tareas; Hortense era la que se encargaba de la mansión: la compra diaria, las comidas, las tareas del hogar, la asistencia a los comités del Hogar de Viudas y Huérfanos Confederados, de hacer los pasteles para las

Difícil perdón

tómbolas benéficas y de sonreír a las viejas arpías de siempre... Margaux, de la plantación y el dinero.

La hacienda era la base de su sustento, pero había quedado arruinada por la guerra. Con la pérdida de los esclavos familiares había resultado inviable seguir dedicándose al cultivo del algodón y Margaux —después de meses investigando en la biblioteca paterna y hablando con familias conocidas que le habían aconsejado— había optado por el arroz. Había destinado cada dólar ahorrado a volver a poner en marcha la explotación; era la única manera de salir adelante... El problema era que no tenía ni idea de cultivos, mercados o asentadores —había tenido que aprender sobre la marcha— y las autoridades yanquis tampoco ayudaban mucho. El arrozal, de momento, les había permitido al menos poder comer caliente, pero poco más. Desde luego, estaba lejos de poder financiar ostentación alguna o atender emergencias considerables..., situación en que ahora se encontraban.

La guerra había terminado hacía tres años, pero muchos sureños aún se sentían perdidos. La ocupación militar no era ninguna broma y durante muchos meses, después de terminado el conflicto, se habían seguido produciendo abusos o fusilamientos. La ciudad —a ojos de cualquier forastero— podría parecer resucitada, con el puerto lleno de barcos y el mercado repleto de productos, pero no lo estaba para los sureños. Eran los malditos yanquis quienes viajaban en calesa, compraban en las elegantes tiendas de la calle King o iban al teatro. Las damas y caballeros confederados que habían sobrevivido al conflicto seguían vistiendo de luto y sin un dólar en el bolsillo. Esa era la triste realidad y eso era lo que hacía inviable que Margaux pudiera recurrir a familiares o amigos para pedir prestado el dinero que necesitaba urgentemente: ninguno lo tenía; tendría que recurrir a un prestamista.

—Te veo muy calladita —comentó tía Marion mientras Hortense la miraba de reojo.

—Si no ocurre un milagro... perderemos la plantación —dijo como si tal cosa, mientras meneaba el té aguado con una cucharilla ennegrecida.

—¡Bendito sea Dios! ¡Eso no puede ser! —exclamó la tía. Sus blancos tirabuzones le daban un aire pasado de moda que ella lucía con la cabeza muy alta—. Debe haber otra solución; ya te comenté que mi amiga Marianne Desnau ha recurrido a míster Jones y está muy satisfecha.

—Pues es un usurero despreciable; Pierre Candau ha terminado perdiendo sus tierras después de llevar meses pagando unos intereses abusivos. Incluso se ha comentado que Jones tuvo un duelo la sema-

Difícil perdón

na pasada por lo mismo con otro tipo en Savannah —le comentó Edmund a su futura cuñada.

—Lo sé; Jones es lo peor... No es una solución viable —dijo mortalmente seria Margaux.

—¿Y... si se lo pidieras a Jacques? —preguntó su tía refiriéndose al novio de su sobrina. Sabía que al igual que otros criollos estaba sin un centavo, pero tal vez pudiera hacer algo.

—Sabes, tía, que no puedo pedirle nada; su familia está igual que la nuestra y él... —Margaux se calló.

Hablar de su prometido no le resultaba fácil; cada vez menos. Sabía, aunque ninguno de los presentes lo comentase nunca, que Jacques no era el de antes y que tras su regreso del frente se había vuelto indolente y borracho. No tenía un dólar, pero de haberlo tenido se lo habría gastado en brandy de contrabando o a las cartas.

—Existe otra solución y lo sabes, aunque eres tan terca que serías capaz de perder la finca antes que dar tu brazo a torcer... —comentó Hortense en voz baja, como si no quisiera ofender.

—No sigas por ahí; si te refieres a quien creo... —contestó su hermana con chispas en los ojos, visiblemente molesta—. Esa opción es tan inviable como la de Jones.

—No lo es, y si tú no estás dispuesta a dejar a un lado tu orgullo y acercarte a ver a Adam... yo lo haré —dijo muy resuelta la más pequeña.

Aquella actitud tan decidida sorprendió a todos; Hortense era muy tranquila y rara vez se alteraba, pero resultaba evidente que estaba muy, muy enfadada con su hermana. Después de unos minutos de embarazoso silencio general, Margaux carraspeó y, levantándose, dijo:

—Está bien... iré a ver a ese... —No supo cómo continuar porque ningún insulto le pareció suficiente.

—No sé por qué le tratas así; él, como todos, se ha limitado a sobrevivir —dijo Hortense encogiéndose de hombros—. Y, por lo visto, lo ha logrado mejor que la mayoría. No puedes acusarle de traidor; gracias a ti hace tiempo que dejó el sur para vivir en Nueva York. Ha vuelto a la que fue su ciudad, pero no como el muchacho sureño que un día fue, sino como un yanqui en toda regla... y es evidente que en el norte le trataron mucho mejor.

—¡Uffff! No me hables de él; siempre fue un tipo despreciable y ahora lo segui...

—¿Despreciable porque te robó un beso? ¿Porque de vez en cuando se probaba los trajes de Albert? ¿Porque adoraba los caballos de papá y los montaba a

Difícil perdón

escondidas? ¿Tan graves te parecen esos pecadillos infantiles? A mí, francamente, no. Cierto que nunca fue un muchacho como los demás, que siempre fue rebelde, que...

—Maleducado, grosero... —la interrumpió Margaux.

—Bueno, no todos iban a ser como el bueno de Andy, su padre. Era nuestro capataz —le explicó Hortense a su novio, que seguía la disputa fraternal sin comprender nada—, y era bonachón y muy tranquilo. Trabajó durante años para nosotros y jamás tuvimos una queja de él; tampoco del hermano mayor, Bill, un chico serio y fornido; ahora regenta un almacén en la salida hacia Savannah —comentó y la nostalgia la invadió. ¡Hacía tanto de aquello! Más de ocho años y habían cambiado tanto las cosas...

—He oído —dijo la tía mientras degustaba una pasta de almendras— que ahora ocupa toda la familia la mansión Marchant; el heredero, Jean Pierre, tuvo que vendérsela por una ganga a Tilman... Estaban hasta aquí —hizo con un gesto señalándose la coronilla de la cabeza— de deudas. Ahora Andy vive allí con sus dos hijos, su mujer, que era una arpía, y la pequeña, la mocosa.

—April. —Recordó Hortense—. Sí, eso he

oído, que viven allí por todo lo alto y están buscando un novio rico a la muchacha. Adam quiere casar bien a su hermana y ha ofrecido una buena dote...

—¡Ja, ja! Esta sí que es buena; él, que nunca entendió qué eran las clases sociales, que las despreciaba... —dijo Margaux con un gesto elocuente de las manos— ahora hace lo que sea por codearse con los señoritos yanquis.

—No hace lo que sea por codearse con ellos, *es* uno de ellos y según dicen... uno de los más ricos e influyentes —la corrigió Edmund.

—Pues más valdría que utilizara el dinero en él mismo, que buena falta le hará... Y de paso que se buscara él la novia... —comentó Margaux en un tono que quiso ser divertido.

—Pero ¿en qué mundo vives? —le preguntó asombrada su tía—. ¿Acaso no sabes que hace un mes se publicó su compromiso con la señorita Camyl Clapton, la hija del constructor?

—Pues no... —contestó Margaux, pensativa—. No tenía idea... La verdad es que lo único que leo últimamente son las páginas de economía: si sube el precio del tabaco, cae la bolsa o se vaticina alguna plaga... No tengo tiempo para dedicarme a cotillear en las vidas ajenas. A la muchacha esa no la conozco, aunque supongo que será una zafia, como él.

Difícil perdón

—Yo le he visto alguna vez en el club Savoy's y... —dijo Edmund.

—¿Ahora le dejan entrar en el club? —preguntó asombrada Margaux—. ¿Tan bajo han caído?

—Pues sí —reconoció molesto Edmund—, pero por ley no se puede impedir a nadie que entre y ahora menos que nunca a un yanqui. Aunque hasta ahora ninguno de ellos se había pasado por allí, Tilman lo hizo no hace mucho. Supongo que más bien como forma de decir «aquí estoy yo», porque se le ha visto poco y sé de buena tinta que prefiere el famoso club Morgan, donde ahora se reúne *la crème de la crème* de los nuevos ricos. De todas formas, a lo que iba... que las veces que le he visto no le tacharía de zafio; parece lo que es... un millonario.

—¡Pues con su pan se lo coma! —contestó irritada Margaux.

—Si mañana no vas a verle... pasado iré yo —la retó su hermana—. No puedo consentir que por una estúpida pelea ocurrida hace diez años, en la que encima fue él el principal perjudicado, te niegues a pedir la ayuda que necesitamos y perdamos la finca. Si te da coraje ir, déjamelo a mí.

—No... iré yo. Si hace falta... iré —terminó diciendo Margaux resignada.

La reunión familiar acabó y la joven decidió relajarse en el jardín. Estaba hecho una pena; no tenían dinero para contratar un jardinero profesional, aunque ella se entretenía de vez en cuando; le gustaba el contacto con las flores, el olor de la tierra mojada, la exuberancia de algunas plantas que creían salvajes y se enredaban en los troncos de los árboles. Podar los rosales le recordaba a los viejos tiempos, cuando acompañaba a su elegante madre a preparar los jarrones del salón... Mientras se manchaba las manos de tierra trasplantado esquejes, recordó lo ocurrido hacía ya... ¡casi una década! Increíble... Cerró los ojos y casi le pareció estar reviviendo aquello como si hubiera sucedido ayer.

Capítulo 2

Había salido, como cada mañana, a montar por su finca, por la senda que corría paralela al cauce del río Ashley, cuando se enganchó la falda en unas ramas. Asustada, tiró de las riendas de su yegua, Lena, y esta frenó en seco. Margaux cayó al suelo. Cuando intentó levantarse, notó que un fuerte dolor en el tobillo la dejaba sin respiración; el pie estaba torcido y amoratado, no parecía roto, pero seguramente se habría hecho un esguince. Preocupada, se preguntó cuánto tardaría alguien en encontrarla —los peones y esclavos estaban ese día trabajando en otra zona oculta por los enormes plátanos que tenía enfrente— o si podría volver a subirse ella sola al animal. Descartada esa posibilidad, cogió las riendas y empezó a caminar, coja, por el sendero principal, esperando que alguien la viera pronto. Furiosa, recordó que no podía haber ocurrido aquella calamidad en peor momento. Gritando histérica dio un golpe con su fusta al ramaje culpable de su accidente y maldijo como un lacayo.

—¡Maldita sea, hoy no! ¡¿Tenía que ser precisamente hoy?! —dijo por lo bajo con un lenguaje soez que habría espantado a su madre.

Margaux tenía planes para esa tarde. Su madre iba a visitar a su amiga Anne Legrand a la ciudad y quería llevarla consigo; Margaux bebía los vientos por el hijo mayor de los Legrand, el apuesto Jean Jacques, amigo de su hermano Albert y tan vividor como él. Era incluso más guapo que su propio hermano; tenía el cabello oscuro, lustroso y ondulado, el rostro moreno y seductor, con las facciones más masculinas que las de Albert, aunque era unos centímetros más bajo que él. Era un encantador de serpientes y en el futuro sería uno de los hombres más ricos de la ciudad; una boda entre ambos sería bien vista por ambas familias y que supiera, él había regresado de Europa hacía dos años y aún seguía libre, sin comprometerse. Esperaba que pronto lo hiciera con ella; sabía que no le era indiferente, que le gustaba, aunque tampoco era ninguna inocentona. A sus quince años

Difícil perdón

era consciente de su propio atractivo y de la vida mundana que muchos de los jóvenes sureños llevaban. Que no tuviera prometida no significaba que no tuviera mujer; tenía muchas y las disfrutaba de parranda en los burdeles; seguramente, como tantos otros, tendría alguna querida mulata o cuarterona en la ciudad a la que sacaría a bailar o regalaría joyas. Luego, en las cenas de gala, se comportaba como lo que era, todo un caballero, y ella le amaba por eso. Cuando se prometieran, él cambiaría y ella sería la única mujer en su vida. Estaba segura.

En eso iba pensando mientras arrastraba la pierna dolorida por el camino polvoriento de vuelta a casa cuando vio a lo lejos un jinete. Se preguntó quién diablos sería y le hizo una señal con la fusta. Tras unos instantes de sorpresa, el tipo la había mirado fijamente en la distancia y con un chasquido —el sonido le había llegado claramente a Margaux— había dado orden a su caballo de que siguiera su camino. ¡Desgraciado! ¡En vez de acercarse a socorrerla había continuado en dirección contraria! Margaux se quedó estupefacta. No podía dar crédito a lo sucedido. ¿Alguien en su propia plantación era capaz de dejar tirada a la hija del dueño? Estaba segura de que quienquiera que fuese el jinete la había reconocido, aunque ella, que tenía el sol de frente, solo hubiese visto su silueta negra recortada contra el brillante sol matutino. Una espiral de bilis se le atragantó. De haberle tenido cerca, le habría cruzado la cara con su látigo.

Iba a ponerse a gritar cuando vio al tipo tirar de sus riendas, dar una palmada cariñosa al cuello de su montura y girar de nuevo, poniéndose al trote, en su dirección. Según se acercaba lo comprendió todo: era Adam Tilman, el hijo pequeño de Andy Tilman, el capataz de su padre... ¿Qué diablos hacía montando a Tor, uno de los caballos de los Lemoine? El joven se acercó sin ningún rubor. Podría ser castigado muy duramente por semejante despropósito, pero no parecía importarle... ¿Dónde se había visto que los criados montaran los caballos de sus señores sin permiso de estos? ¿Cómo podía ser ese muchacho tan descarado?, se preguntó ofendida.

De todos los posibles trabajadores de la finca, que hubiese tenido que ser precisamente Adam Tilman quien acudiera en su ayuda la reventó. Era un muchacho engreído y pretencioso, que no sabía cuál era su lugar. Había escuchado conversaciones a su padre con Albert de que el joven era un continuo quebradero de cabeza para su familia, que no causaba más que problemas: una pelea en la ciudad, una borrachera que terminó en la cárcel del condado, contestaciones poco respetuosas a sus superiores; otro

Difícil perdón

día Albert le había pillado en sus dependencias hurgando sin su permiso; cuando se le acercó y le abrió la mano, le encontró un alfiler de corbata de oro. Adam negó que lo estuviera robando; solo quería probárselo, ver cómo le quedaba... Entre los criados era la comidilla su amistad con Stuart, uno de los negros más conflictivos de la plantación, y para colmo se daba aires con ella, Margaux, y le dirigía miradas arrebatadas. Margaux había pensado que cómo se atrevía cuando le pillaba mirándola embobado o le hacía requiebros vulgares y soeces para una dama de su clase.

—Parece que necesitáis ayuda... —dijo al llegar a su lado. No se mostró servicial ni preocupado como habría hecho cualquier otro trabajador de la plantación, sino que parecía disfrutar mirándola desde una altura superior. Su sonrisa era cínica y, sus intenciones, dudosas.

Margaux le miró con furia en los ojos. A contraluz se veía clarear su pelo rubio ceniza y sus ojos, habitualmente grises, parecían más oscuros, casi negros. Tenía la cara llena de espinillas, el flequillo algo lacio y el corte de pelo de un palurdo. Vestía ropa basta y barata que le sentaba como un tiro a pesar de los esfuerzos que hacía su madre por que toda la recua fuera limpia y decentemente vestida. Dos o tres años mayor que ella, el muchacho tendría unos dieciocho, era alto, más incluso que Albert, pero estaba demasiado delgado y sus músculos no se marcaban en sus anchos pantalones heredados como hacían los de los caballeros criollos. Margaux sintió una punzada de repugnancia cuando él le tendió la mano con las uñas sucias de haber estado trabajando, para subirla a su montura. Él notó el gesto y torció la boca.

—Vaya... parece que mademoiselle desea seguir a pie... ¡Así sea! —dijo tocándose el ala de su polvoriento sombrero y dejándola allí tirada.

Margaux estuvo a punto de gritarle, de suplicarle que la llevara... No podría llegar ella sola andando a la casa, pero su orgullo se lo impidió. Jamás le pediría un favor a un tipo tan arrogante y asqueroso como aquel. Hacía mal su padre en permitirle tanto y desde luego que ese comportamiento no quedaría impune. Le contaría a su padre lo acontecido y que además montaba a uno de sus caballos; con un poco de suerte, le echaría de la plantación.

Dos horas después, despeinada y coja, llegaba a la casa. A quien primero vio fue a Adam Tilman. Retador, observaba divertido desde las cuadras mientras cepillaba las crines de uno de los caballos. Ella le lanzó una mirada asesina y se acercó a la puerta principal. Cuando Mina, la doncella de su madre, la vio

Difícil perdón

llegar en semejante estado lanzó un grito y acudió en su ayuda. Minutos después estaba rodeada del servicio y apoyada en el hombro de su padre, que había dejado el trabajo en el despacho para acudir junto a su adorada hijita. Sophie corrió a preparar algo en las cocinas para la niña y el mayordomo mandó avisar al doctor. Esa misma noche Margaux le contó a su progenitor el comportamiento impertinente de Adam y este se enfadó.

—Hablaré muy seriamente con su padre mañana. Debe meter en cintura a ese hijo o terminará mal; como un vulgar delincuente.

—Deberías hacer algo más —intervino secamente Davinia Lemoine—, deberías pedirle que le envíe fuera; tienen familia en el norte... Una temporadita lejos no le vendrá mal. Es un muchacho fogoso, demasiado rebelde e imaginativo para conformarse con la vida acomodaticia de su padre o su hermano. No sirve para ser obrero, tendrá que buscarse otra vida... Mejor que empiece a hacerlo cuanto antes —dijo la señora de la casa mostrando unas dotes observadoras importantes.

No había nada en la casa que estuviera fuera del control de Davinia Lemoine. Controlaba el servicio, sabía de sus vidas, sus problemas, sus vicios, sus virtudes... y conocía bien a toda la familia Tilman. No había congeniado nunca con la madre, que era bastante áspera y descarada —como su segundo hijo—, y sí con el padre, que era un tipo bondadoso y trabajador. A los hijos los había visto nacer, crecer y hacerse mayores. Bill, el mayor, estaba prometido y era un chico tranquilo que jamás había dado que hablar; April, la pequeña, era una niña muy querida por la madre y también muy dócil; por contra, el mediano, Adam, había sido siempre un gamberro y un liante. Tenía sueños de grandeza, no respetaba las normas y, en alguna ocasión, se le había visto incluso en las caballerizas, revolcándose con una esclava negra llamada Ely. Le habían reprendido, castigado, avergonzado públicamente..., pero el muchacho tenía respuesta para todo y no había forma de hacerse con él. Según había ido creciendo se había ido haciendo más descarado y madame Lemoine lo consideraba una mala influencia para el resto de los muchachos de la plantación. Le quería fuera ya, pero su marido era demasiado blando. Su aprecio por el viejo Andy le cegaba.

La reprimenda al capataz, para que a su vez se la diese a su hijo, no se hizo esperar. Aquella noche hubo bronca en casa de los Tilman y el padre abofeteó al hijo.

—Espero —le dijo— que esta sea la última vez que me tengan que poner en evidencia por una falta

Difícil perdón

de comportamiento de uno de mis hijos. Irás a pedir perdón a la señorita Margaux y luego... ya veremos —le dijo furioso.

—No iré a pedir perdón a esa señorita; no quiso montar conmigo porque al parecer le di asco. Si es tan fina para montar conmigo, pues que vaya andando —contestó serio.

—Irás a pedirle perdón a ella... y a su padre, y no se hable más. Y si no... tendrás que marcharte.

—Hijo... tendrá que ser así —intervino la madre mientras Bill asentía con la cabeza.

Adam, indignado, se mordió la lengua y salió fuera. En el exterior sonaban las chicharras y olía a rosas y jazmines. En su rincón secreto, un templete oculto entre unos sauces de espaldas a la casa principal, se encendió un pitillo y con los ojos cerrados recostó la cabeza en la pared. Se sentía indignado no solo por la regañina de su padre, sino por el propio carácter de este. Él nunca sería así... Jamás se doblegaría ante aquellos ricachones y aquellas señoritingas de pacotilla. Era verdad que la señorita Margaux era preciosa, pero eso no le daba derecho a comportarse como una déspota; también reconoció la profunda atracción que sentía por ella de siempre..., pero jamás se permitiría el lujo de perder la cabeza por alguien que no le tratara con el respeto que se merecía. No comprendía cómo su familia aguantaba a los Lemoine... Durante un instante sintió ganas de llorar... ¡El mundo era tan injusto! ¿Por qué él no podía tener dinero suficiente para vivir a su gusto? ¿Por qué no podía estrenar elegantes chaqués de terciopelo y tenía que conformarse con los pantalones de paño marrón zurcidos de su hermano mayor...? Algún día, se juró, él también tendría todo eso, tendría hermosos caballos, una bonita plantación y podría dar a los suyos todos los caprichos.

Entretenido en esos pensamientos estaba cuando escuchó aproximarse un carruaje; era la calesa descapotable de los Lemoine y en ella iban la madre, la señorita Margaux y el joven Albert. Este reía divertido con su hermana y le gastaba bromas. Parecía que a la hermosa Margaux Lemoine se le habían olvidado pronto las penas de esa mañana y la cojera, y una vez satisfecho su ego con el castigo impuesto al impertinente, volvía a disfrutar de la vida. Adam se levantó ágilmente y, escondiéndose entre las sombras, se aproximó al vehículo sin que le vieran; deseaba escuchar de qué hablaban, saber qué hacía tan feliz a la chica.

—¿Crees en serio que tengo una oportunidad? Dímelo, Albert... no seas cruel conmigo.

—Ja, ja... la pequeña mademoiselle Lemoine se ha enamorado... del truhán de Legrand y se...

Difícil perdón

Fue oír aquello y el corazón de Adam Tilman se encogió. Aunque se había convencido de que lo que sentía por la señorita de la hacienda era puro deseo, la verdad era que se había enamorado de ella siendo niña y jamás la había dejado de amar; le resultaba imposible decir en voz alta la palabra «amor» porque se sabía no correspondido, pero mientras ella había sido una pequeña enclaustrada en la hacienda, él la había sentido suya. Ahora había crecido, el mes pasado había cumplido quince años, y esa primavera la habían presentado en sociedad; Adam había sabido de su éxito social y de los muchos jóvenes que la habían pretendido; el que ella no hubiera dado su aprobación a ninguno le había permitido seguir soñando, aunque supiese que no estaba destinada para él y que tarde o temprano aparecería quien se la arrebatase. Ese momento había llegado y él lo sentía como un puñal atravesado en su corazón, como una derrota... Aquel dolor le sorprendió incluso a él mismo por lo espontáneo y profundo que le resultó. No conocía mucho a ese Legrand, solo de haberle visto por la casa en alguna ocasión junto al heredero Lemoine, pero se informaría... De todas formas, le odiaba ya.

La familia reía distendida en el porche donde el señor Lemoine había esperado a los suyos tomándose un brandy y fumándose un puro. Nolan, el mayordomo, parecía en su salsa y Vivian, la nueva doncella, también. Los ecos de las risas y parte de la conversación llegaban a oídos de Adam. Escuchó trozos sueltos de las palabras divertidas y de aliento del señor Lemoine a su hija, animándola a que conquistase a semejante donjuán, las recriminaciones de la madre y los chistes algo soeces del hermanito. Adam se sintió más triste y pobre que nunca, como si de repente hubiese comprendido que los pocos metros que le separaban físicamente de Margaux Lemoine eran en realidad un abismo.

Debajo de una gigantesca acacia se apoyó en el tronco, echó un trago al licor destilado de pésima calidad que llevaba en su petaca, y poco a poco se fue escurriendo hasta quedar despatarrado en el suelo. Perdió la noción del tiempo entre trago y trago. Empezaba a sentir las posaderas doloridas cuando oyó como la familia se retiraba a sus dormitorios y se apagaban las luces del edificio principal. El olor de las velas era denso y le dio ganas de estornudar. Temió verse descubierto por Angust, uno de sus colegas, que terminaba en ese momento de retirar los ceniceros, colocar las mecedoras y reponer los quinqués de aceite de la gran mesa. Angust se retiró deprisa, pero él siguió bebiendo hasta quedarse dormido sobre la hierba.

Difícil perdón

Le despertaron las voces de los primeros esclavos que comenzaban su tarea al día siguiente. Con una incipiente barba dorada, el pelo revuelto y los ojos legañosos, recogió la chaqueta húmeda y arrugada, se colocó los tirantes y se limpió el pantalón lleno de verdín. Se estiró, bostezó desganado y miró hacia la ventana de Margaux. Estaba abierta, pero ella debía de seguir durmiendo porque las cortinas aún permanecían echadas; las mujeres de la casa se levantaban tarde, especialmente después de una velada larga como había sido la de la noche anterior. Después, sobre todo la joven Margaux, pasaría un buen rato en la bañera de mármol del cuarto superior, envuelta en una atmósfera humeante con olor a magnolias. Cerrando los ojos, y sin demasiado esfuerzo, Adam pudo imaginarse la escena; se quedó sin aliento. Su cuerpo esbelto y hermoso, el cabello oscuro y ondulado mojado sobre su espalda, de piel clara y suave acariciada por sus doncellas con aquellas enormes esponjas llenas de espuma, el chirrido del picaporte y su madre pidiéndole que la acompañase a desayunar... De repente la magia se desvaneció. El señorito Albert permanecía asomado en la ventana contigua mirándolo con un gesto de evidente malhumor.

—¿Qué haces ahí, gañán? ¿Qué andas buscando...? ¡Vago, a trabajar! ¿Qué tramas, Adam Tilman?

—¿Yo? —preguntó desafiante. El tono irrespetuoso del joven amo le había herido en su amor propio y, aunque sabía que estaba jugando con fuego, no pudo morderse la lengua—. Nada… ¿Qué habría de tramar? ¿Temen los señores una revuelta en la hacienda? —Y se fue riéndose.

Dos horas más tarde, Adam recibía la mayor bofetada de su padre; de carácter tranquilo, Andy Tilman no era de pegar a sus hijos, pero en el caso de Adam llovía sobre mojado. Menos de veinticuatro horas después de la última bronca, monsieur Lemoine le había pedido finalmente a su capataz que sacara a su hijo mediano de la hacienda; haría bien en que el chico viese mundo y se formara un poco; además, su carácter era inadecuado para trabajar allí. A punto de llorar de condenación había estado el hombre, pero mordiéndose la lengua había tenido que aceptar la orden del amo de la plantación. Cuando regresó a su casa y vio a su hijo desayunando, oliendo a alcohol y con cara de haber dormido fatal, no pudo reprimir su decepción y le golpeó. Adam se tapó la cara con el brazo y se pegó a la pared.

—¡Te lo dije! ¡Te lo advertí!, pero no hiciste caso… ahora tendrás que marcharte de la plantación; monsieur Lemoine ha ordenado que te vayas… y no puedo impedir que lo haga.

Difícil perdón

Los minutos siguientes fueron de trifulca; voces, golpes y llantos de la madre y la pequeña April.

—¡Que les den a esos desgraciados! Vayámonos todos. Seguro que hay trabajo para ti y para los chicos en Charleston o en cualquier pueblo —le espetó furiosa la madre.

—No... este es mi trabajo, mi vida; le he dedicado muchos años y estoy mayor para probar suerte en cualquier otro sitio, y Bill... va a casarse pronto y aquí gana un buen jornal. No sería justo para nadie. No, será Adam quien se vaya. Así aprenderá a comportarse. Mañana mismo partirás para Nueva York. Tu tía segunda, la señora Brandon, vive allí y no tiene hijos. En más de una ocasión nos ha pedido que os enviáramos a alguno —dijo encogiéndose de hombros—. Será ahora. Serás tú.

El día fue triste y silencioso. La madre llorosa preparó el equipaje mientras Adam terminaba de comprar en la ciudad el billete del tren para Nueva York; se sentía inquieto, no sabía si de tristeza o de expectación. Pensar en Margaux Lemoine, en que no volvería a verla, le partía el corazón; aunque seguramente en unos meses sería madame Legrand y le estaría más prohibida que nunca... Pero por otro lado se le abrían unas perspectivas vitales hasta ahora desconocidas. Siempre había aborrecido creer que viviría y moriría en Charleston, sin haber viajado, conocido otras cosas, probado fortuna... Ahora tenía una oportunidad de cambiar su vida y la iba a aprovechar.

Estaba ya anochecido cuando volvió, cansado. Había hecho el recorrido a pie ya que el carro de los Peterson no había estado disponible esa tarde, pero nadie, a excepción de su madre, parecía haberle echado mucho de menos. La casa estaba animada, había visita; enseguida supo quienes eran: los Legrand. Aunque estaba exhausto y le esperaba un día agotador por el viaje, necesitaba saciar su curiosidad. Quería saber quién era aquel Jacques Legrand por quien la señorita había perdido el sentido. Le detectó enseguida; era imposible no hacerlo; Margaux estaba pegada a él y le miraba arrobada.

Era un típico señorito sureño de pantalones de gamuza tostada, botas altas de montar, elegante chaquetilla y voz de barítono. Tenía la edad del señorito Albert y una complexión parecida. Entre los dos había buena sintonía y parecían divertidos por algo mientras los padres hablaban al otro lado de la mesa en el porche. El servicio sacaba los licores y helados, las cestitas con galletas de avena con aroma a violeta y los bombones rellenos de praliné y almendras. Margaux, junto a su hermana pequeña Hortense, y la tía

Difícil perdón

de ambas, la señorita Marion, andaban revolucionadas. Lucían muy bonitas ambas hermanas con sus elegantes trajes color crema de sofisticados volantes y encajes. Trajes pagoda de inmenso vuelo en sus faldas. El frufrú de sus miriñaques formaba parte del sonido familiar, al igual que el taconeo de sus elegantes botas de cabritilla en caoba. Las dos mujeres mayores se habían tapado con sus chales de crochet mientras las jóvenes tenían sus chaquetillas colgadas al lado y parecían preferir pasar frío a taparse los sensuales hombros. El ambiente entre todos parecía ideal. Una escena conmovedora, pensó con resentimiento Adam, mientras pegaba una patada dolorosa a una estaca en un intento de calmar su dolor interior, sus celos.

En ese mismo momento, con el dedo gordo del pie dolorido por la patada, Adam no pudo evitar sentir un repentino y punzante deseo. Deseaba con toda su alma a Margaux Lemoine y tendría que partir en unas horas sin haber saboreado jamás sus labios. Solo pensarlo le aceleró el pulso, le endureció la entrepierna y le provocó un sofoco. Ya intranquilo en su cama, un par de horas después, seguía pensando en ello. La visita se acababa de marchar —había escuchado partir al carruaje— y la familia se había retirado. Sin pensárselo dos veces se colocó la camiseta y los pantalones, salió de la casa y, por un árbol, trepó hasta el porche de la planta superior. Las ventanas y contraventanas de la señorita Margaux estaban abiertas. Las cortinas se movían suavemente y olía a suave perfume femenino en el interior. La vio acostada y dormida, y deseó con toda su alma poder besarla, tocarla, amarla... No tenía mucha experiencia con mujeres. A diferencia de los encopetados caballeros que desde jovencitos frecuentaban los burdeles y tenían queridas esclavas, los pobres no podían mantener semejante tren de vida y se las apañaban como podían. A excepción de unos arrumacos con Linda, la hija del cerrajero, los únicos encuentros sexuales los había tenido con una esclava que se le había entregado por gusto y con la que había aprendido todo lo que sabía, que tampoco era mucho.

De pie ante la muchacha, que le pareció la mujer más hermosa del mundo, se prometió que un día sería suya. Que el Legrand ese fuera preparándose; de una manera u otra, aquella belleza acabaría llamándose Margaux Tilman. Con una suavidad impropia de sus toscos modales le colocó un mechón del cabello y acarició con el dorso de su mano la mejilla; ajeno a la posibilidad de que le descubrieran —¿qué más podrían hacerle?— siguió mirándola. Le bajó la sábana y la contempló con las piernas desnu-

Difícil perdón

das envuelta en su fino camisón de hilo y satén blanco. Se le dibujaban con nitidez los muslos y el pecho —casi podía percibir la aureola marrón de su pezón— y su cara, habitualmente tensa cuando le miraba, era ahora dulce y serena. En un arrebato, sin pensárselo dos veces, se acercó y la besó en los labios. Sabía a grosella, vainilla y rosas... ¡tan diferente al tabaco de mascar de Ely...!, y olía a flores. Deleitándose con las sensaciones, volvió a besarla.

Ella suspiró y en sueños rozó sus labios. Adam se sintió en la gloria; feliz como nunca, con ella entre los brazos gimiendo de placer. La apoyó sobre su pecho y en susurros le cantó una vieja nana que había oído a su madre; ella parecía una niña confiada acurrucada contra él. Adam se envalentonó. Rozó el escote con la yema de su dedo, besó su cuello y poco a poco fue deslizando el fino tirante de su camisón, acariciándole los hombros hasta que su mano llegó a sus jóvenes y turgentes pechos. Con la mano encima podía sentir el palpitar de su corazón, el sonido sensual de sus suspiros y el calor de su cuerpo. Ella se dejó acariciar un buen rato, sumida en lo que parecía un placer total y como en un sueño se le acercó y metió sus dedos en su pelo. Revolvió sus greñas y acarició su frente.

El gemido de felicidad de Adam se cortó en

seco al oírla susurrar de forma perfectamente reconocible el nombre «Jacques». Adam se quedó parado como un poste, con la sangre latiéndole locamente en las sienes y los ojos a punto de estallar en lágrimas. Sin ninguna dulzura la soltó en la cama y ella abrió repentinamente los ojos. Entonces sí se despertó y le reconoció. Un grito rasgó el silencio de la noche; Adam intentó taparle la boca sin éxito y ella, frenética, le mordió y golpeó. Durante unos instantes aquello pareció una batalla campal. Las sábanas resbalaron de la cama, las plumas de la almohada invadieron su espacio y las dos cajitas de encima de la mesilla se cayeron. Adam, con más fuerza, la inmovilizó. Con su mano casi asfixiándola, tenso, mirándola fijamente, le habló cínicamente.

—El placer que ha sentido, *mademoiselle*, hace un instante no se lo ha ofrecido ese mequetrefe de botas lustrosas, se lo he ofrecido yo, *Adam Tilman*, y no habrá nunca otro que pueda hacerla sentir nada igual. Recuérdelo —dijo apretando la mano contra su boca, aguantando el dolor que sus dientes le provocaban y soportando su mirada de odio—; algún día suspirará por que la bese como hoy lo he he...

—¡Fuera de aquí, mamarracho —le interrumpió ella hecha una furia al liberarse. Con un abrecartas en la mano, que acababa de coger del suelo, le

Difícil perdón

amenazó si se acercaba de nuevo—. ¿Cómo te atreves a tocarme? ¿Cómo te atreves a compararte con Jacques Legrand? Me das asco... eres, eres... un sinvergüenza, un canalla, un patán. ¡Fuera!

Adam no tuvo tiempo de contestarle; riéndose retador, salió por la misma ventana por la que había entrado, justo en el momento en que los primeros sirvientes acudían a los gritos de su ama. De pillarle allí podrían darle de latigazos como a un vulgar esclavo; el señorito Albert sería muy capaz..., pero no les daría ese gusto. Con su agilidad habitual desapareció en la noche.

Margaux no le había vuelto a ver nunca más y de eso habían pasado ya casi diez años. Sabía que Adam Tilman había regresado a la ciudad como un rico empresario yanqui, pero, a excepción de una vez a lo lejos, no había coincidido con él; no frecuentaban el mismo mundo y en cierta manera —tuvo que reconocerlo— ella lo había evitado. Ahora aquello podía cambiar.

Capítulo 3

Sintió repentinamente frío y, volviendo a la realidad, descubrió que se había echado la noche y apenas se veía. El jardín estaba húmedo y un apetecible aroma a crema de puerros se escapaba desde las cocinas. Dejó los trabajos de jardinería, se limpió las manos en el mandil y se metió en el interior; debería lavarse antes de la cena. Además, esa noche, pensó con desagrado, iría Jacques a cenar. Como siempre, la importunaría insistiéndole en concretar la boda y ella tendría que volver a darle largas. Tía Marion y Hortense eran de la misma opinión; les parecía —como a otras comadres charlestonianas— del todo vergonzoso que aún no se hubiera celebrado el matrimonio; ella, sin embargo, no lo veía así. Esperaba que la visita en unos días de su prima Madeleine sirviera de apoyo a su causa. En realidad, lo que tenía preparado para la familia era una bomba: iba a romper el compromiso... ¡después de tantos años! Parecía ridículo, pero mejor tarde que nunca.

Un rato después, ya adecentada, vestida con un anticuado traje gris perla, salió a recibir a Jacques que, como siempre, la saludó cortésmente con un beso en la mejilla y le entregó una botella de vino para la cena. En la mesa saborearon los platos de Sophie, que con poco se apañaba para hacer disfrutar a sus comensales; aunque las materias primas fueran baratas (nabos, zanahorias, algo de pescado de vez en cuando o patatas), lejos de las exquisiteces de antes de la guerra, todos disfrutaban con sus preparados. Al calor de la mesa, Jacques les contó algunos chascarrillos de la ciudad; tía Marion volvió a recitar la retahíla de conocidos fallecidos a cuyas exequias tendría que ir, y Hortense y Edmund volvieron a hablar de sus planes conyugales, algo que a Margaux sacaba de quicio. En cuanto los dos jóvenes empezaron a hablar sobre los trámites que el padre Achard les había exigido para los esponsales, Jacques se lanzó en picado a pedirle a Margaux que también fijara una fecha para la suya.

Difícil perdón

—*Mon amour* —dijo zalamero— sabes que ya estoy plenamente restablecido. Es indecoroso mantener más tiempo el compromiso sin efectuar la boda. Fijaremos la fecha ya —dijo en esa ocasión creando una cierta tensión en la mesa.

—Sabes que ahora no es buen momento. Espera a la operación de mi padre; sabes que todo el dinero del que disponemos lo vamos a destinar a ello, no podría afrontar los costes de otra ceremonia... Se hará la de Hortense porque ya está fijada, pero la nuestra deberá esperar; después de haber esperado diez años... no pasará nada si esperamos unos meses más.

—Sí, sí pasará... ¡que estoy harto de tanto esperar! —dijo enfadado, levantándose de la mesa de malos modos y tirando la servilleta encima—. Ahora es la enfermedad de tu padre, pero antes fue la inversión para arreglar el tejado de esta casa ruinosa y, antes, la compra de semillas para la finca... Cualquier cosa es antes que nuestra boda. ¿Acaso no quieres que se celebre?

—No es eso —contestó ella intentando apaciguarle mientras tía Marion y Hortense hacían lo mismo—. Es que no es buen momento. He dado mi consentimiento para la operación. Se hará en dos meses y antes Hortense tendrá que quedarse con mi padre en el hospital de Nueva Orleans donde se la van a realizar. El tratamiento, el hospedaje durante tanto tiempo... es un dineral... tanto como para verme en la necesidad de tener que recurrir a un prestamista para pagar las deudas que tengo en el banco; podría perder la finca —comentó a modo de excusa Margaux con la esperanza difusa de que él le dijera algo que resolviera sus problemas monetarios y la sacara del apuro en el que estaba..., pero él no lo hizo; siguió a lo suyo.

—Lo entiendo; pero yo no puedo esperar *sine die*... nos casaremos en septiembre. Después del verano, tu padre estará de vuelta y será la ceremonia.

—¿Con qué dinero? —se limitó a preguntar sin fuerzas Margaux.

—Con el mío —dijo tranquilamente él.

—¡Ja, ja! —No pudo evitar reírse cínicamente ella—. ¿Con el tuyo? ¿Acaso tienes alguno? ¿Ha ocurrido algún milagro que yo deba saber?

—Algo tengo... he hecho algún negocio que me ha salido bien... y algo he conseguido.

Margaux vio la oportunidad para pedirle ayuda y no se lo pensó.

—Bueno, si es así... —dijo carraspeando—. ¿Podrías prestarme los cinco mil dólares que debo al banco? Podría perder la plantación y recurrir a esos usureros... podría ser pan para hoy y hambre para mañana.

Difícil perdón

Si me entrampo demasiado no podré cubrir todos los gastos... Mis deudas de hoy serán *nuestras* deudas de mañana —dijo recordándole que el matrimonio sería quien tendría que afrontar los costes de la operación financiera en el futuro.

—No tengo tanto dinero como para hacerme cargo de los dos gastos y comprenderás que no voy a rendirme ahora con el tema de la boda... Tendrás que recurrir a los usureros. Hay algunos más honrados que otros y, en general, todos los hacendados de Charleston lo han hecho; no serás ningún bicho raro.

Margaux sintió crecer en su interior la indignación. ¡Era tan egoísta! Solo pensaba en él; parecía que le diera igual el trabajo de ella, sus aspiraciones, sus sueños... Se preguntó por qué tantas prisas ahora con la boda cuando durante los últimos dos años prácticamente había pasado del asunto tanto como ella. Sabía que tenía una querida cuarterona en la ciudad a la que mantenía —no sabía bien con qué dinero— y que seguía de francachelas, juergas y noches de juego en la ciudad..., pero en los últimos seis meses se había vuelto terriblemente insistente y ella se sentía desbordada por tantos problemas. Cansada, le dejó decidir sabiendo, en su interior, que el que se casara o no con él aún estaba por ver.

Jacques Legrand se marchó aquella noche de

casa de su prometida más feliz. Necesitaba esa boda y la tendría. Aunque en ese momento en particular los Lemoine estuvieran pasando por dificultades financieras, sabía que Margaux era buena para los negocios y que había sido capaz de sacar adelante la casa y la finca, ponerla de nuevo en pleno rendimiento y empezar a despuntar como empresaria. El que atravesara un mal momento no era significativo y él necesitaba ese resguardo, máxime cuando todo lo suyo sí que se había ido al garete. Desde la muerte de su padre, y tras la guerra, la gran mansión familiar era una ruina y solo su hermana había escapado al desastre tras una provechosa boda. Su madre y él seguían viviendo de las rentas, pero estas eran cada vez más escasas. Él era un señorito criollo que había sido educado para disfrutar de la vida, no para trabajar de la mañana a la noche, partiéndose el lomo dirigiendo una plantación sin esclavos y sin futuro; las negras perspectivas y el alcohol habían hecho mella en él.

Hortense y Tía Marion acompañaron aquella noche a Margaux y le dieron ánimo.

—Subiré a decírselo a papá —dijo Hortense.

—¿Para qué? Prácticamente no se entera de nada. Le dará igual —dijo cansada Margaux.

—No seas así. Es posible que no se entere bien de lo que ocurre, pero estoy segura de que se alegrará

Difícil perdón

infinito de saber que, por fin, esta boda va a realizarse —comentó tía Marion en referencia a su hermano.

—Todo saldrá bien... Seguro que pasado mañana, cuando llegue la prima Madeleine, verás las cosas de otra manera. Yo podré irme con papá a Nueva Orleans más tranquila, sabiendo que no te quedarás aquí sola afrontando tantos problemas y con alguien con quien te entiendes bien. Ella te ayudará a preparar todo lo necesario para la boda. Anímate... no es algo tan malo.

—¡No lo entendéis! —exclamó repentinamente furiosa Margaux—. No entendéis nada... *No quiero casarme*. No se trata del ahora... Jacques tiene razón; siempre encontraré un motivo para no hacerlo porque en realidad no le quiero y no deseo que esta boda se lleve a cabo. Voy a romper con él... Voy a hablar con él... mañana mismo.

—No seas loca —dijo tía Marion sofocada, asombrada con la loca idea de su sobrina—. Ahora estás ofuscada, pero se te pasará. Espera al menos a hablar con Madeleine; ella siempre te ha comprendido... Sería un escándalo romper el compromiso. ¿Qué pensarán nuestros amigos y vecinos?

—Al diablo con los escándalos. No voy a casarme con Jacques —dijo decidida Margaux, y se sintió repentinamente liberada.

Margaux decidió subirse a su cuarto, dejando a las otras dos mujeres preocupadas. Sentada como una sonámbula delante del espejo, observó como su doncella, Clementine, comenzaba a desabrocharle el vestido y a retirarle las enaguas. Durante unos minutos quedó perdida en sus pensamientos. Recordó lo feliz que se había sentido hacía ahora diez años, cuando por fin Jacques Legrand pidió su mano a su padre. Aquel había sido un día de gran dicha familiar y el más feliz de su vida. El hombre del que estaba enamorada le había declarado su amor. Bueno... algo parecido. Le había dicho que la admiraba, que esperaba que ella le correspondiera y ella, como una estúpida, había casi babeado. Después le había dado un casto beso en los labios y le había sonreído. Celebraron una gran fiesta de compromiso en su mansión... la última gran fiesta... Después vino la guerra. Tanto Albert como Jacques se alistaron en el ejército confederado y ella sufrió cuatro años de calvario. La noticia de la muerte de su hermano Albert en Appotomax fue una losa para la familia. Su madre no se recuperó de aquello y dos años después falleció. Tras ella, su padre enfermó y no había levantado cabeza.

Durante los últimos meses de la guerra rezó cada día para que al menos Jacques regresase sano y salvo, y lo hizo..., pero no como ella esperaba. Llegó en-

Difícil perdón

fermo, física y mentalmente. No era el mismo jovencito arrogante y divertido que gastaba sin freno y disfrutaba de la vida. Su madre, ya viuda, trató de cuidarle lo mejor que pudo y de mutuo acuerdo decidieron retrasar la boda hasta que el joven estuviera recuperado totalmente. Lo propuso la señora Legrand y ella estuvo de acuerdo. Sabía qué movía a la mujer: siempre había sido excesivamente protectora con sus hijos y quería cuidar a Jacques ella sola. Pero ella, Margaux, también tenía sus propios motivos. La guerra había enfriado aquel amor inocente y juvenil y no sentía lo mismo por Jacques que antes de marcharse; suponía que sería algo transitorio, que recobraría la ilusión poco a poco, cuando volvieran a verse, a tratarse, a establecer una relación... El compromiso, la guerra... Todo había sucedido tan deprisa que ella no había tenido tiempo de establecer una verdadera relación de amistad y de noviazgo con él, y ahora no era la misma chiquilla de entonces. Necesitaba que él se recuperase, que ambos recuperaran el tiempo perdido y establecieran una nueva relación más de adultos. Después se casarían. Nunca pensó que aquel «después» fuera a tardar tanto en llegar...

O acaso sí, y se había estado engañando a sí misma durante mucho tiempo. Primero se dijo que era normal... Tanto a él como a otros jóvenes confederados la vuelta a casa se les había hecho muy cuesta arriba. La mayoría de ellos habían partido a la guerra envalentonados y habían vuelto destrozados y con su modo de vida perdido; ya no tenían esclavos, sus haciendas y plantaciones estaban en la ruina o habían sido confiscadas... Algunos no habían sido capaces de superarlo, no habían podido adaptarse a los cambios... Y entre esos estaba Jacques.

Saber que todo su mundo había desaparecido no contribuyó a su mejora. Si en condiciones normales hubiese tardado unos meses en mejorar de su tisis... deprimido por la guerra la cosa se alargó hasta más de año y medio. Ella hizo lo que pudo para animarle, pero él parecía ausente... Después fue poco a poco volviendo en sí, pero no como a Margaux le hubiese gustado. Olvidaba las penas ahogándolas en alcohol barato y salía con tipos poco recomendables. La madre pareció darle carta blanca. ¡Con tal de verle salir de nuevo a la calle, vestirse, reírse...! Pero ella intentó hacerle razonar. Quiso ayudarle a poner de nuevo en rendimiento sus tierras, le aconsejó sobre nuevos semilleros, le habló del trabajo que ella misma estaba acometiendo en Fôret Rouge, pero él no aceptaba consejos de ninguna mujer. Después de intentarlo en varias ocasiones sin éxito, decidió tirar la toalla; esperaba que fuese él mismo quien terminase

Difícil perdón

por darse cuenta de que perder el tiempo de taberna en taberna no le devolvería su antigua vida ni le rescataría del duro presente; Margaux temía además que su altanería, y la de sus amigos, pudiera meterle en problemas con las autoridades yanquis que tenían ocupada militarmente Charleston.

Habían pasado meses y meses y la situación, lejos de ir solucionándose, había ido a peor. Él no había hecho nada por reconducir su vida, por tomar las riendas de su futuro, y ella había descubierto poco a poco que no sentía nada por él, que el amor adolescente había desaparecido y que Jacques estaba a años luz del hombre que ella necesitaba ahora a su lado. Así las cosas, él no había hecho mucho hincapié en la boda —tenía sus necesidades sexuales cubiertas fuera— y ella tampoco. Cuando inesperadamente él empezó a insistirle con la boda, ella en vez de sincerarse se limitó a buscar excusas... pero ya se le habían acabado. Había llegado la hora de la verdad y, si esa noche él había puesto las cartas sobre la mesa, ella las pondría el próximo día anunciando la ruptura de su compromiso.

—Señorita, ¿algo más? —le preguntó en ese momento Clementine, y Margaux se la quedó mirando.

—No, no, Clementine, puedes irte ya.

Clementine recogió las toallas, la palangana del agua, depositó la ropa en la silla y cerró la puerta. Margaux se acostó en la cama y dejó la ventana entreabierta. La tormenta de aire de la tarde había cesado y en ese momento reinaba la calma. Las palmeras del paseo marítimo se mecían suavemente y a lo lejos se divisaban los grandes barcos del ejército yanqui anclados en el puerto. El olor de las rosas ascendía por la terraza y le hizo recordar otras noches, ya muy lejanas, en la plantación, cuando era niña y vivía feliz y sin preocupaciones. Intentó recuperar aquella ansia juvenil por Jacques; le recordó como era antaño e intentó sentir lo mismo. Decepcionada, notó que aquello no surtía efecto, que no sentía nada. Trató de recordar algún momento íntimo vivido con él que pudiese emocionarla... y tampoco lo encontró. Lo suyo con él había sido todo muy formal, incluso la declaración. Vista ahora con los ojos de la madurez le resultaba bastante insulsa. Sus pequeñas caricias o sus tiernos besos en la mejilla, sus valses agarrados o sus fiestas... eran un pasado sin alma. Algo entonces atravesó su memoria como un rayo: el único momento de verdadero placer sexual que había tenido en su vida... ¡se lo había provocado Adam Tilman! Claro que en su defensa siempre podría decir que si lo vivió fue por confusión... ¿o no?

Difícil perdón

¿Qué pensaría el engreído de Adam Tilman si supiese que su amenaza de aquella noche se había cumplido? ¿Que nadie le había ofrecido tanto placer como él? ¿Que nadie la había besado y acariciado como él? Se reiría de su triunfo... seguro. Suerte que no lo sabría jamás. Nadie sabría jamás el enorme placer que durante aquellos minutos había sentido acariciada por un hombre... ¿Por un hombre o por *ese* hombre?, se preguntó asustada. No, por un hombre. Habría sido el instinto adolescente que le jugó una mala pasada... Decidió probar. Cerró los ojos, bajó la sábana y se acarició como aquel día lo hiciera él. Imaginó que era Jacques Legrand e intentó sentir algo, pero su cuerpo seguía rígido, insensible. ¡Idiota!, se dijo, y se volvió a tapar. Se dio la vuelta en la cama e hizo intención de dormir, pero el próximo encuentro con Adam la tenía nerviosa. ¿Cómo estaría? ¿Habría cambiado tanto como las circunstancias parecían indicar? ¿Qué sentiría al verla? ¿Se acordaría de aquella pelea o la habría olvidado? ¿La odiaría por ser la causante de que le echaran de la finca? ¿Le concedería el préstamo?

Siguió pensando en él, no podía quitárselo de la cabeza. Le recordó con sus pantalones dos tallas más grandes sujetos por tirantes y un pitillo en los labios; con Stuart jugando a las tabas en la finca; mirándola retador; riéndose divertido con su hermano; montando a Tor la mañana en que ella se cayó del caballo... Todas aquellas imágenes tocaban en ella algo sensible.

Cerró los ojos y recordó su voz ronca cantando... y sus manos. Eran ásperas, algo torpes, pero... Ella misma empezó a acariciarse las piernas, después el cuello como hiciera él aquella noche y se bajó poco a poco los tirantes del camisón; se tocó los pechos y notó los pezones duros; no pudo evitar que un gemido de placer se le escapara inesperadamente de la garganta. Avergonzada, paró, pero instantes después volvió a tocarse. No lo había hecho nunca y aquello había sido un descubrimiento... sobre todo saber que solo era capaz de excitarse si pensaba en él..., pero no supo cómo llegar al final. Sabía que tenía que haber algo más. Había oído hablar de los orgasmos, pero no sabía cómo se llegaba a ellos y además algo se interponía en su camino: la cara de Adam retándola, diciéndole que tarde o temprano ella sería suya. ¡Maldito canalla! Eso no sucedería jamás. Antes por zafio... y ahora por traidor.

Con esa esperanza se durmió. A la mañana siguiente se adecentó lo mejor que pudo; sacó del armario el viejo vestido de algodón amarillo y lila que guardaba para las ocasiones especiales, el sombrero

Difícil perdón

que su padre le regalara casi siete años atrás y el chal de su tía —el único que estaba bien conservado— y, hecha un manojo de nervios, se decidió a visitar a Adam Tilman. Primero, como si intentase retardar lo inevitable, pasó a dar los buenos días a su padre, que acostado en su cuarto, apenas la reconoció. Jugaba a las cartas como si fuera un niño con tía Marion. Esta le guiñó un ojo a su sobrina y la animó de cara a la visita que realizaría en pocas horas a las oficinas Tilman en la calle King. La suerte estaba echada.

Capítulo 4

La ocasión lo requería y además la mañana había amanecido lluviosa. Un carruaje de alquiler —ningún charlestoniano tenía esos días uno propio— la trasladó al centro comercial de la ciudad donde Adam había fijado su sede. Asomada a la ventana, en cuyos cristales se estrellaban las gotas de agua, observó el tráfico agitado a esa hora del día; el movimiento en torno al mercado; el paso en formación de un grupo de soldados yanquis; dos jóvenes con muletas; los exquisitos escaparates con artículos de moda que ningún oriundo de Charleston se dignaría adquirir —tampoco hubiesen podido— o el estado del puerto. Fort Sumter —el lugar donde comenzó la guerra, donde se dispararon los primeros tiros— seguía ruinoso, pero con la bandera yanqui ondeando en el mástil. La misma bandera ondeaba por todas partes, especialmente en los edificios oficiales y en el centro financiero, donde los únicos ricos que hacían negocios procedían de la Unión.

Tres años atrás, cuando firmó la hipoteca bancaria para poder poner en producción su finca, se había jurado a sí misma que triunfaría sin tener que recurrir a ningún usurero yanqui. Ahora comprendía que las dos cosas eran incompatibles; o acudía a uno de esos tipos o fracasaba en la plantación. Había optado por lo primero. Muchos otros en Charleston lo habían hecho también y, en ese sentido, Adam Tilman había resultado una bendición: era menos abusivo y parte del dinero que ganaba lo reinvertía en recuperar la propia ciudad... No se lo llevaba corriendo a Nueva York o a Boston como hacían otros. Tampoco se lo guardaba exclusivamente para él, aunque a esas alturas todo el mundo sabía que tenía mucho: una plantación ocho kilómetros al sur de la suya, varios edificios en la ciudad, un aserradero, una pequeña flota de ferris... También había donado importantes sumas de dinero para la puesta en marcha de un parque de bomberos, la compra de arbolado con el que replantar numerosas calles —los grandes robles y

Difícil perdón

acacias habían quedado tan destruidos como las casas con el asedio de casi seiscientos días sufrido a manos del ejercito de la Unión— o había contribuido con fondos para el hogar de huérfanos. Había conseguido en el año y medio que llevaba en Charleston que todos los sureños le estuvieran agradecidos y los yanquis le envidiaran por su vertiginosa forma de enriquecerse.

Margaux no había mentido al decir a su tía que no tenía tiempo de cotillear sobre las vidas ajenas. Realmente no había sabido aún lo de su compromiso —debía de haber sido muy reciente— ni lo del novio rico que le estaba buscando a su hermana pequeña April, pero sí sabía de todos sus movimientos financieros y sus inversiones: salían en la prensa cada día y era imposible no darse de bruces con ellos un día sí y otro también. Su éxito la exasperaba y se preguntaba a menudo cómo conseguiría lucrarse tan deprisa y quedar al mismo tiempo bien con todos; si no estaría acudiendo al mercado negro, haciendo contrabando; si todas sus operaciones serían tan legales como parecían... A excepción de una foto borrosa en el periódico en donde se le veía en un acto social en casa del nuevo gobernador, no tenía otra referencia de él. En eso sí había sido sincera: no había querido verle... algo en él le había resultado siempre tremendamente perturbador y sabía, de una forma inconcreta, que eso no habría cambiado con el tiempo.

Con el coche dando saltos por las calles agujereadas que aún quedaban por asfaltar, llegó temprano al lugar. Era un típico edificio de negocios con las ventanas alargadas, la pintura blanca y el tejado a dos aguas. Tilman General ocupaba las tres plantas. Abajo había cuatro oficinistas con manguitos y gorra con ruidosas máquinas de escribir. Al fondo había una pequeña recepción. Margaux se acercó.

—Espere un minuto ahí, señorita —dijo el hombre que la atendía—. Subiré a entregar su solicitud y en unos minutos le confirmaré cuándo podrá hablar con el señor Tilman o el señor Randall, su segundo.

—¿Cree que podría ser hoy mismo? —le preguntó ella expectante.

—No sé... es posible. El señor Tilman ha llegado hoy pronto y está arriba despachando con unos arquitectos; si tiene un minuto, estoy seguro que encantado la atenderá.

—Por favor... —dijo ella suplicándole. Si tenía que ser, que fuera lo antes posible; si no, tal vez se arrepintiera—. Recuerde que el señor Tilman me conoce personalmente... seguro que no desaprovecha la ocasión de... *saludarme* —dijo pensando en el gustazo que le daría al engreído de Tilman que finalmente

Difícil perdón

un Lemoine fuera a pedirle ayuda, pero eso no se lo dijo al conserje.

Un buen rato después el hombre bajó y puso cara de circunstancias. Margaux supuso que no la recibirían y no se equivocó. Maldijo por lo bajo al malnacido de Adam y se dispuso a salir.

—El señor Tilman no puede recibir a nadie hoy... tiene una visita importante. El señor Randall me ha asegurado que el próximo viernes tendrá un hueco en su agenda, antes del viaje a Filadelfia. ¿Desea que le coja hora?

—Desde luego —dijo, sabiendo que no podía hacer otra cosa, aunque le reventase.

Con una sensación agridulce, regresó a casa. Al final se había librado de tener que verse las caras con ese trepa y podía sentirse tranquila al menos hasta el viernes, pero no había resuelto nada. A su llegada se encontró a tía Marion y a su hermana preparando el equipaje; su padre dormía sedado.

—¿Cuándo llega Madeleine? —dijo refiriéndose a su prima.

—Mañana —contestó su hermana—. En el tren de las nueve. Iremos tía Marion y yo a recogerla. ¿Qué tal con Tilman? ¿Ha aceptado prestarnos el dinero?

—¡Maldito mequetrefe! No me ha recibido... lo hará el viernes. Prepotente hasta el final.

—No habrá podido... ahora es un tipo muy ocupado —intentó restarle importancia la tía.

—Lo dudo... Aunque solo fuera por saborear su victoria lo normal es que me hubiese recibido. Así me habría visto suplicándole una limosnita. Pero no, eso es algo demasiado sencillo para él, él es... demasiado retorcido para eso. Habrá sabido de mi visita y habrá decidido darme una lección, hacerme esperar... tenerme así en sus manos... No debería volver el viernes, debería acudir a Jones y que Dios nos proteja.

—No... es mejor Adam. Es posible que se regocije un poco con nuestra situación, pero será durante unos momentos. Es un hombre de negocios y lo primero será prestarnos para después recoger beneficios. ¿Vas a ir hoy a la plantación?

—No... estoy cansada, nerviosa y hace un día de perros. Iré mañana.

—Pues si estás muy nerviosa no deberías ver esto —dijo su hermana lanzándole un periódico sobre la cama.

Margaux lo recogió y comprobó con disgusto que aparecía publicada la fecha de su boda con Jacques Legrand para el diez de septiembre. Habría sido su novio quien lo había hecho publicar sin consultarla siquiera. Aquello le provocó un buen berrinche porque la noche anterior se había dormido con la decisión

Difícil perdón

asumida de romper el compromiso, aunque formara un escándalo. Ahora el escándalo sería, simplemente, mayúsculo.

La repercusión de la noticia la pudo comprobar cuando al día siguiente todas las mujeres de la familia, incluida Madeleine Boncoeur, su prima hermana, acudieron a los oficios religiosos que una vez al mes se celebraban en la iglesia por el alma de su madre y de Albert.

El reencuentro con Madeleine había sido tan agradable como siempre y las muchachas charlaron durante un buen rato esa mañana poniéndose al día. Así la prima pudo comprobar el estado de su tío Hervé, hermano de su madre; el nerviosismo de su prima Hortense por su próximo enlace; el malhumor de Margaux por la publicación de su próxima boda sin su consentimiento y el enfado de la misma por el trato recibido por un banquero que se había negado a recibirla.

—Creo que te tomas todo demasiado a pecho —le dijo quitándole importancia—. Respecto a lo de tu padre... comprendo que quieras ayudar, pero ¿crees que ese tratamiento nuevo servirá para algo? Yo le veo con la cabeza totalmente perdida.

—Sé, porque el doctor Fleet me explicó que muchos soldados han vuelto de la guerra con la cabeza igualmente ida, y que gracias a ese tratamiento y paciencia, alguno se está recuperando. Espero conseguirlo con él.

—Sí, pero estás hablando de soldados, de jóvenes... Tu padre tiene muchos años y posiblemente no quiera volver de donde esté, no quiera ver en qué se ha convertido su mundo ni recordar que su hijo y su adorada esposa han muerto. ¿No sería mejor dejarle seguir en la inconsciencia? ¡Es una crueldad!

—No; creo que debo pagarle cualquier tratamiento para que mejore. No hacerlo me haría sentir terriblemente culpable. Él lo habría hecho por nosotras.

—Está bien —contestó la otra, y volviéndose a tía Marion la puso al día sobre cómo iba la vida en Savannah, donde vivía con su madre también viuda desde hacía años, y sus otros tres hermanos.

Yves había estado en la guerra y vuelto sin un rasguño, aunque al igual que otros muchos le había dado por la botella; Louis había regresado con una pierna amputada, pero con su carácter sosegado había vuelto al trabajo, había retomado su noviazgo con la simple y dulce Marie y se había casado con ella, dando a su madre tres hermosos nietos. Por último, Paul había regresado sordo y medio ciego, pero con su mujer y sus cinco hijas. Estos últimos vivían

Difícil perdón

con Madeleine —que seguía soltera tras el fallecimiento en el frente al principio de la guerra de su único novio conocido, el capitán confederado Philippe Abregu— y su madre en la gran mansión familiar.

Un año mayor que Margaux, Madeleine era una muchacha físicamente poco notable, pero como su apellido indicaba, de gran corazón. La muerte de su prometido había resultado un duro golpe, pero lo había aguantado con serenidad y había sido el apoyo principal de su madre y de sus cuñadas en los duros años de la guerra. Fue entonces cuando estrecharon lazos Margaux y ella, y desde entonces se habían hecho grandes amigas, buenas confidentes. Margaux sabía que Madeleine no se había cerrado a la vida, no había renunciado a volver a encontrar el amor... sencillamente, este no había aparecido.

Era difícil que lo hiciera en un ambiente tan envenenado como aquel, en el que los hombres del sur habían sido diezmados por la guerra y las enfermedades. Había muy pocos hombres disponibles para tantas mujeres y los pocos que quedaban no estaban para aventuras románticas: muchos habían regresado con enfermedades mentales, tísicos, con miembros amputados, arruinados, hundidos... no tenían un hogar al que volver, ni coraje o ganas para reinventarse. Así era difícil encontrar novio y Madeleine, a sus casi veintisiete años, lo iba dando ya por perdido. Por eso no entendía a su querida Margaux cuando se ponía tan exigente con su prometido.

—No culpes a Jacques de solicitar fecha para la boda; deberías haber sido tú quien lo hiciera hace tiempo. ¿O es que quieres ser la eterna novia de Charleston y llegar a los noventa sin casarte? No te entiendo. Una tiene un prometido porque piensa casarse... y si no, rompe.

—Eso era lo que yo quería haber hecho y he sido una maldita cobarde que además ha estado mal aconsejada —dijo furiosa mirando a su hermana y a su tía.

—A nosotras no nos mires, tú solita te has metido en este lío. Nosotras solo te hemos dicho lo obvio —contestó Hortense a su hermana mayor—. Tienes ya veintiséis años, muchas de tus conocidas están ya casadas, con hijos, o viudas, y tú no te decides. Es ridículo.

—No lo es; muchas de esas amigas ya estaban casadas cuando estalló la guerra y cuando regresaron sus esposos, simplemente se adaptaron a los cambios. Otras enviudaron como podría haber enviudado yo o como en cierta manera enviudó Madeleine, pero casarse con alguien que ya no quieres es... simple-

Difícil perdón

mente horrible. No puedo, mi corazón no puede dar ese paso.

—Pues si es así, rompe con él, pero hazlo ya; no esperes más.

—Pero ¿qué hago con esto? —dijo señalando el periódico con el anuncio de la boda—. Será terriblemente escandaloso y eso perjudicará a mis negocios.

—¿A tus negociooos? —preguntó indignada su tía—. ¿Estás loca? Un escándalo así será...

—No lo pienses más —siguió su prima—. Olvídate de los negocios, olvídate de la gente y ve a ver a Jacques; explícale lo que ocurre, dile que le dejas... y que sea lo que Dios quiera.

—¿Acaso tienes a alguien? ¿Te has enamorado de otro hombre? —le preguntó suspicaz la tía.

—¡Claro que no! ¿Por quién me tomas? —contestó indignada Margaux—. No hay nadie en mi vida aunque, francamente, me encantaría que lo hubiese. Me gustaría enamorarme... Saber lo que es de verdad el amor, lo que es amar a un hombre y que él me ame. Yo no he conocido eso con Jacques; solo fue un amor platónico infantil al que las circunstancias de la vida me han atado, pero del que sueño poder liberarme —reconoció, y sintió pena.

—Eso es una locura; los Legrand no se merecen eso. Jacques no es tan mal chico... ¡Qué disgusto le darás a tu padre!

—Bueno, padre no se enterará de mucho —rectificó Hortense a su tía.

—No seas cobarde y da el paso —le aconsejó su prima.

Con lágrimas en los ojos, Margaux asintió con la cabeza. Reuniría el valor para hacerlo... pero eso sería otro día; tal vez mañana.

Capítulo 5

Recogió el pulcro sombrero de copa, el abrigo de paño inglés, el bastón con empuñadura de oro y el pañuelo de seda blanco y, un minuto más tarde, colocaba sobre los hombros un abrigo de terciopelo verde a su prometida Camyl Clapton. La fiesta había terminado y se sentía agotado con el baile y la cháchara tras un largo día de trabajo. La muchacha le miró cariñosa y, ofreciéndole la mano, montó en su carruaje.

En la oscuridad, rota por la débil luz de las farolas de la calle, Adam se entretuvo en observarla; era joven y bonita: nariz respingona, frente despejada, cabellos morenos, grandes ojos color ámbar, sonrisa perfecta... Había en ella un aire sutil a Margaux Lemoine; posiblemente, reconoció, hubiera sido aquello lo que le atrajo de ella inicialmente. Después, el carácter dulce de la muchacha y la ambición de su padre habían hecho el resto.

No se arrepentía. Iba a cumplir treinta años y después de una vida de trabajo era un hombre rico: había llegado la hora de formar una familia, tener hijos, marcarse unos objetivos diferentes a los que hasta ahora había tenido. Sabía que con su posición actual podría haber elegido a la chica que quisiese, pero ¿qué más le daba? Aquella parecía perfecta.

Hacía mucho que había olvidado el sueño de que la señorita Margaux fuera su mujer. Aquello había sido un espejismo infantil que le había causado un gran sufrimiento, pero al que debía buena parte de lo que era. Si no hubiera sido por aquel amor imposible, que le había dado fuerzas para luchar por ser alguien en la vida, nunca habría llegado tan lejos. Sin duda jamás habría abandonado Charleston como lo hizo, ni hubiera ido a vivir con tía Maud a Nueva York, ni habría aprendido los secretos de la bolsa, ni invertido sus primeros dólares...

Aunque no había olvidado a los Lemoine, ni había dejado de sentir algo muy especial por la joven, hacía tiempo que había pasado página y aquello era

Difícil perdón

solamente un recuerdo que de vez en cuando le asaltaba.

Al menos así lo sentía aquella noche estrellada en que su corazón latía de impaciencia por reencontrarse con la que durante mucho tiempo había sido la musa de su vida. Había sido toda una sorpresa que le anunciaran, dos días antes, la petición de entrevista de Margaux Lemoine. Oír aquel nombre le había producido una sacudida y había quedado desconcertado; tanto que su acompañante, Paul Campbell, el arquitecto que estaba terminando su mansión, se le había quedado mirando.

—¿Le ocurre algo, señor Tilman?

—No, no, señor Campbell; siga usted, me interesa lo de su solución para la cubierta... es original y ahorrará costes... siga, no es nada —le había contestado, pero había sido incapaz durante las siguientes horas de prestar atención ni a ese asunto ni a ningún otro.

Encerrado en su despacho había hecho girar el cigarrillo entre sus dedos mientras se limitaba a mirar por la ventana el encapotado cielo gris y la lluvia. Le había sorprendido el ritmo alocado de su corazón; tal vez, se excusó, porque hacía tiempo que había descartado la posibilidad de que algún Lemoine recurriera a él. Sabía que el señorito Albert y su madre habían fallecido, que el padre había perdido la cabeza y que las señoritas Margaux y Hortense se habían tenido que hacer cargo de las propiedades familiares.

En los primeros meses de su regreso a Charleston había esperado encontrarse con ella en alguno de los bailes, cenas de gala o actos religiosos celebrados en la ciudad, pero pronto descubrió que eso sería imposible; su posición como yanqui hacía poco probable que se relacionase con el derrotado sur y la única posibilidad de que ambos volviesen a verse pasaba por que se encontraran en la calle casualmente —algo que había estado tentado de provocar— o ella acudiera a pedirle ayuda como hacían otros criollos. Esto último resultaba dudoso; sabía que era demasiado orgullosa para dar un paso como aquel.

También sabía de sus dificultades económicas, del enorme y sensato trabajo que había realizado en los últimos años en sus tierras, de la clase de vida que llevaba; lo sabía todo sobre ella.

Había contratado un detective privado para que le tuviera al día de todos los pasos que daba: familiares, de negocios, con relación a su prometido... Ese último era un tema que le tenía totalmente desconcertado; sabía que el novio era un desecho, pero no entendía por qué ella no daba un paso en alguna

Difícil perdón

dirección; por qué no terminaba por casarse o rompía con él...

Ese detective, Ron Doyle, solo trataba con él. Aquel era un tema exclusivamente suyo del que no sabía nadie nada en la empresa, ni siquiera sus más cercanos colaboradores; aquello no formaba parte del negocio, sino de su vida privada. A veces se había preguntado qué sentido tenía seguir interesándose en ella, seguir pagando a aquel tipo para que le contase tan poca cosa... Ahora se alegraba de poder utilizar toda esa información para darle una lección; Margaux Lemoine estaba desesperada y a su merced.

La sola idea de tenerla en sus manos le hizo relamerse. Por su mente aparecieron viejos fantasmas, sueños descartados que tal vez ahora pudieran cumplirse: con un poco de suerte podría arrebatarles la finca y hasta ¡quién sabe! seducir a la mismísima Margaux.

¿Seguiría siendo tan estirada? ¿De qué sería capaz con tal de salvar su patrimonio? ¿Llegaría a entregársele? Desde luego, por las bravas no... Margaux Lemoine era *demasiado fina*, pero con un poco de ayuda...

Sería su hombre ideal, la conquistaría, le arrebataría sus tierras... y la dejaría. Por fin el cielo hacía justicia y le ponía en bandeja la venganza que durante tantos años había suplicado. Creyó que jamás la obtendría, pero ahora los astros estaban a su favor y no iba a desperdiciar una oportunidad como esa. Sí, eso haría, siguió diciéndose, la recibiría con todos los honores; le prestaría el dinero que quisiera; la asediaría y derribaría todas sus barreras... y, cuando todo fuera suyo, cuando ella fuera suya... *¡au revoir!* Desde luego, tendría que ser muy inteligente para llevar a cabo un plan así, porque por nada del mundo echaría por tierra su boda con Camyl ni protagonizaría un escándalo que pudiese arruinar su propia posición en Charleston. No... solo ella debía caer.

El viernes amaneció tan lluvioso como el resto de la semana, pero el señor Tilman llegó más pronto que nunca a sus oficinas; algunos de sus trabajadores contemplaron asombrados lo elegante que iba ese día y supusieron que tendría una cita importante; nadie reparó en la muchacha que poco rato después llegaba con su pálido vestido pasado de moda y su sombrero algo mojado. Sin tener que esperar esa vez, Margaux Lemoine subió por la funcional escalera a la segunda planta y el conserje le abrió la puerta. Dentro escuchó una voz inconfundible.

Después de tantos años seguía sonando igual,

Difícil perdón

con ese deje parsimonioso típico de las tierras bajas, con su arrastre de vocales y su personal matiz entre sarcástico y divertido. Armándose de valor, cruzó el dintel de la puerta y le vio a contraluz. Sacando fuerzas de flaqueza se le acercó y le estrechó la mano; durante un instante quedó atrapada en su dura mirada gris verdosa. No le recordaba tan atractivo y avergonzada tuvo que reconocer los latidos locos de su corazón.

Tragando saliva se sentó en la elegante silla tapizada en color tabaco y se dispuso a explicarle su problema. Dos horas después salía de las oficinas con el dinero que necesitaba para salvar su plantación y el vago temor de que todo había resultado extrañamente... fácil.

SEGUNDA PARTE

Capítulo 6

—Pareces contento —le comentó su amigo y mano derecha James Randall mientras almorzaban en un nuevo restaurante de lujo.

La sopa de cangrejos era deliciosa y la mañana lluviosa había dado lugar a un mediodía soleado y cálido.

—Lo estoy, querido James. Dime... ¿te dijo algo la señorita Lemoine al entregarle el pagaré?

—No... ¿Qué iba decir? Por cierto, sobre ese asunto... El préstamo ha sido cuantioso y, a diferencia de otros casos, en este no había informes jurídicos ni nada para que en caso de que no cumpla con la devolución podamos actuar.

—Lo sé... este es un caso especial; déjamelo a mí; lo llevaré personalmente.

—¿Personalmente? —se extrañó el otro—. ¿Acaso pretendes ir tú en persona a conocer la finca, ver la zona en producción, evaluar las ganancias de las próximas cosechas y calcular riesgos?

—Sí... conozco bien la plantación —dijo mirándole envuelto en el humo del tabaco—. Crecí allí.

El otro le miró con sorpresa, subiendo una ceja, animándole a continuar.

—Los Lemoine eran los patrones de mi padre. Mi padre trabajó para ellos toda la vida hasta la guerra. Mi familia vivió años en su plantación.

—¿Y fueron buenos patrones? ¿Quieres ayudarles ahora?

—Digamos que quiero devolverles el *favor* que me hicieron.

—¿Por qué sospecho que no te trataron muy bien? ¡Por Dios, Adam! ¿Qué estás tramando?

—Ya lo verás —terminó diciendo y soltó una carcajada.

La comida fue un placer y el resto del día también. Adam se sentía flotar y ni siquiera el anuncio de que un huracán hubiese hundido su flota de ferris habría podido amargarle la sensación de felicidad y poder que lo invadía. Era como si todo por lo que

Difícil perdón

había luchado, por lo que se había sacrificado durante tanto tiempo, mereciese la pena. Había quedado para acompañar a mademoiselle Lemoine el domingo y ver el trabajo de producción de la finca. Después de diez años volvería al lugar de los hechos... ¡con ella!

Adam Tilman tuvo todo el día la cabeza en otro sitio y así se lo comentó Camyl esa noche cuando, en casa de los Myles, le tuvo que preguntar varias veces las mismas cosas porque no se enteraba. Al menos, reconoció la joven, se le veía más animado que de costumbre a la hora de bailar, hablar o jugar a las cartas. Esa noche también se entretuvo un buen rato con George Evans jugando al billar. Así tuvo acceso a cierta información confidencial que le ponía en antecedentes sobre el excedente de arroz que para la próxima temporada se esperaba.

Eran tantas las tierras cultivando lo mismo en ese momento que con toda seguridad el precio del arroz caería. Estaba por ver cuánto; de ser demasiado, algunos propietarios se arruinarían —de nuevo— y perderían sus tierras a mano de sus prestamistas. Claro que eso era lo que tipos como Myles esperaban y lo que en esa ocasión Adam Tilman esperaba. Animaría a Margaux Lemoine a que invirtiese el dinero que le había prestado en poner en producción más hectáreas con cultivos de arroz hasta que se entrampara hasta el cuello. Cuando al año próximo los precios cayesen, él le arrebataría su propiedad.

Terminó de pensar eso e hizo una carambola que le permitió ganar la partida. Definitivamente, los hados estaban de su lado. La suerte se había aliado con él.

A la mañana siguiente, Adam no fue a trabajar; ese día acompañaría a la pequeña April a la costurera de moda que le estaba confeccionando varios trajes para las carreras de caballos que en unos meses se celebrarían —después de años interrumpidas por la guerra— de nuevo en Charleston. Adam se había comprometido a acompañarla y así lo hizo. Él no se haría ningún traje en la ciudad; los había encargado directamente a Londres, como casi toda la ropa que últimamente vestía y que le había convertido en un pilar de elegancia de la nueva Charleston.

Sabía, porque tenía oídos en todas partes, que algunos antiguos caballeros sureños se mofaban de sus aires de grandeza y se reían a sus espaldas; supuso que entre estos estaría el estúpido de Jacques Legrand y demás supervivientes de la vieja cuadrilla de vividores del señorito Albert, pero a él le daba igual. Era evi-

Difícil perdón

dente que cualquiera de ellos mataría por tener una pitillera como la suya o unos pantalones con el corte de los que llevaba en ese momento; lástima que tuviesen que seguir presumiendo de los mismos que estrenaron cuando les salió la barba...

Margaux Lemoine, por su parte, dedicó esos días a despedir a su hermana y a su padre, que partían camino de Nueva Orleans para la operación.

—Me gustaría acompañaros, pero no puedo marcharme ahora, ¿lo entendéis?

—Lo entendemos Margaux, no te preocupes. Atiende bien a Adam Tilman mañana. No seas soberbia; sé agradable y explícale cuáles son nuestros planes para Fôret Rouge. Haz que confíe en que le devolveremos el dinero hasta el último centavo y que cumpliremos nuestros compromisos. Respecto a lo de Jacques... no sé... creo que es una locura que rompas ahora el compromiso después de tanto tiempo y justo cuando se ha publicado la fecha de la boda, pero tú verás. Madeleine —dijo Hortense volviéndose a su prima—, cuida de Margaux. Confío en tu buen juicio; no la dejes hacer más tonterías de las necesarias.

Después de darse un par de besos y de que Margaux acariciase la cara arrugada de su padre, que con la mirada perdida y sin reconocerla se acurrucaba en un lateral del carruaje, se despidió finalmente de su tía. Esta se secaba las lágrimas con un pañuelito y se santiguaba pidiendo suerte para su hermano. Ojala pudieran regresar pronto a casa.

—En cuanto termine el papeleo con los préstamos y pague al banco el crédito, intentaré escaparme unos días. Telegrafiadme todas las veces que podáis para tenerme bien informada de cómo va todo.

—Así lo haremos. Te quiero hermanita. Suerte tú también aquí; la vas a necesitar. Recuerda que si tienes que irte a la plantación, Madeleine se puede quedar aquí dirigiendo la casa. Haz lo que tengas que hacer para que Adam no se arrepienta de su decisión de habernos prestado tanto dinero. Escucha sus consejos; sabe más que nosotras de negocios. No seas terca.

Margaux asintió con la cabeza. Un segundo después el látigo del cochero hacía arrancar el vehículo. Margaux y Madeleine se quedaron de pie en la puerta de la vieja mansión de paredes desconchadas saludando con la mano al carruaje que se perdía en la distancia. Ya dentro, Sophie les preparó un té con leche y las muchachas se sentaron en el porche acristalado.

—¿Crees que saldrá todo bien? —le preguntó Margaux a su prima—. ¿Crees que he hecho lo correcto?

—No sé; ya te dije que, si hubiera sido mi pa-

Difícil perdón

dre, le habría dejado como está. A mí no me gustaría que me despertasen para regresar a una vida que ya nunca será la de antes y en la que nunca podré ser feliz, pero la decisión la has tomado tú y ahora solo cabe esperar que todo salga bien. Ya verás como es así; confía en el doctor y en Hortense. Es una muchacha muy resuelta. Ha crecido deprisa.

—Si —dijo Margaux con la mirada perdida en la lejanía, calentándose las manos en la taza—, todos nosotros hemos tenido que hacerlo.

—Bueno, no pensemos en cosas tristes. Ahora háblame de esa visita de ayer a Adam Tilman. Con el revuelo que hubo en la casa preparando el viaje, no nos dijiste mucho, solo que te dio el dinero, no te puso ningún obstáculo y se ofreció a visitar las tierras para evaluar los riesgos y los posibles ingresos que se puedan obtener. Muy atento, ¿no?

—Sí, eso pensé yo. Dudo que vaya personalmente a evaluar nada con el resto de clientes. Para eso tiene un ejército de ayudantes...

—Está claro que este también es un caso especial para él; no se le puede reprochar. ¿Cómo se comportó? ¿Estuvo arrogante y prepotente como temías?

—No, que va... estuvo asombrosamente agradable y atento... no le recordaba así.

—¿Es tan sucio, palurdo e insidioso como antes?

—No... tenía razón Edmund; viste como un millonario y sus manos no estaban sucias como cuando trabajaba para mi padre —dijo riéndose—. Al contrario, las tenía más cuidadas que yo. Tampoco se le veía ostentoso, aunque todo en él rezumaba dinero: el traje de importación, los gemelos de la camisa, el corte de pelo, el licor que me ofreció... —comentó, y siguió inmersa en sus pensamientos.

—Veo que te ha impactado verle —comentó su prima mientras se servía su segunda taza de té.

—Sí... —reconoció Margaux de mala gana—. Odio reconocerlo, pero es así. En realidad, siempre me perturbó su presencia. No sé como lo hace, pero siempre consigue ponerme nerviosa.

—¿Qué vais a hacer mañana en la finca? ¿Tienes algún plan?

—No, simplemente ha quedado en venir a recogerme temprano en su carruaje. Iremos hasta el muelle y de ahí, en barco, hasta la finca. Después visitaremos todas las tierras en producción; querrá ver dónde se puede plantar más o qué otros productos podemos sembrar para recuperar el capital lo antes posible. Comeremos algo allí. Ya le dije que apenas tengo allí cosas para hacer vida, que lo único que se cocina para los obreros es tocino, patatas y nabos, comida muy simple... pero insistió. Después, a media

Difícil perdón

tarde regresaremos y en unos días, cuando haya hecho el oportuno estudio, me volverá a llamar para exponerme sus conclusiones.

—Vaya, pues sí que se toma molestias. ¿No será que quiere algo, pillina? —le dijo en broma Madeleine, pero la alusión no gustó excesivamente a su prima, que desvió el tema.

—¿Ha llegado algún recado del señor Legrand? —preguntó Margaux en ese momento a su mayordomo.

Este negó con la cabeza. Había enviado una carta a casa de su prometido pidiéndole que la visitara cuanto antes porque tenían algo importante de que hablar, pero no había recibido respuesta y de eso hacía tres días. No quería alargar más la decisión que había tomado de romper, pero él, o sospechaba algo y se hacía el loco, o había desaparecido misteriosamente.

Capítulo 7

Margaux se sorprendió al ser recibida de una manera tan incomprensiblemente fría por parte de Adam. Le chocó aquel trato en comparación con el que la había obsequiado la mañana en que acudió a pedirle dinero, mucho más cálido.

En silencio, sin saber qué hacer, se mantuvo así primero en el coche y después en el barco, esperando que el disgusto que Adam tuviera se le fuera pasando a lo largo del día y pudiera tratar con él, en un ambiente más apacible, los numerosos asuntos que tenían entre manos.

Como si las palabras de Hortense le resonasen en la cabeza, se prometió ser lo más paciente posible y no estropear nada, aunque tuviera que morderse la lengua por los modales desabridos del caballero. Cuatro hombres de Adam remaron río arriba remontando la fuerte corriente del Ashley hasta llegar al abandonado embarcadero de Fôret Rouge. A pesar de la tensión, aquel viaje siempre era para ella un placer; poder ir viendo como poco a poco las viejas mansiones destruidas comenzaban a rehabilitarse, o las riberas incendiadas volvían a recobrar la vida era esperanzador.

Lo que desconocía Margaux era que Adam estaba cegado de rabia desde que la noche anterior su madre le hubiese informado del anuncio del matrimonio de la señorita Lemoine con Legrand. Cuando recogió el periódico sureño —en el que Legrand había publicado el anuncio—, la noticia le golpeó como si le hubieran dado un gancho de derechas en toda la mandíbula. Conocía ese compromiso, pero en lo más profundo de su corazón había esperado que jamás se llevase a cabo.

Adam no sabía si se sentía peor por saber que finalmente Margaux iba a casarse o por comprender que aún le importaba. Que después de tantos años, se sentía igual de estúpido que la noche en que supo de su enamoramiento y se quedó dormido borracho debajo de su ventana.

Difícil perdón

—¿Y a mí qué? —se contestó a sí mismo al comprobar molesto su propia reacción—. Siempre supe que era tonta y esto lo confirma—. Si ha decidido finalmente casarse con ese borracho, con ese depravado, allá ella. A mí ni me va, ni me viene; yo mismo tengo mis propios planes de matrimonio y esto era algo que tarde o temprano iba a suceder. La orgullosa señorita Lemoine no podrá caer más bajo —ronroneó para sí mismo.

Y en eso siguió pensando toda la noche. Al final, y después de horas dando vueltas en la cama sin dormir, llegó a la conclusión de que era lo mejor; ese matrimonio alejaba de él cualquier tentación —aún le rondaba en algún profundo rincón de su cabeza la idea de que ella pudiera ser su esposa— y le reafirmaba en sus planes. Si hubiera podido existir una posibilidad de que se arrepintiese de arrebatarle a Margaux Lemoine sus propiedades, no existiría ninguna para no dejar al matrimonio Legrand con una mano delante y otras detrás.

No permitiría jamás que ese estúpido se jugase aquellas tierras a las cartas o se las gastase en alcohol de contrabando y putas. No le cabría ningún remordimiento por continuar con el plan que había establecido.

Tampoco le producía remordimiento pensar en

el resto de la familia Lemoine. Al fin y al cabo, el padre viviría poco y, viviese lo que viviese, tenía la cabeza perdida. Tampoco la tía gozaba de buena salud y ya era muy mayor. Respecto a la pequeña Hortense, a quien sí tenía aprecio, conocía sus planes de casarse con uno de los pocos jóvenes criollos que había vuelto sano mental y físicamente de la guerra. Le conocía de lejos y le parecía un buen tipo. Hortense no tendría problemas en el futuro, solo Margaux arruinaría su vida... pero ese sería problema suyo.

Con estas ideas desembarcó en el muelle asombrado del estado de abandono en que se encontraba la plantación y la ruina de la casa. Del hermoso edificio clásico de dos plantas con grandes columnas de mármol y porches ajardinados solo quedaba viva un ala, la derecha; el resto había sido pasto del fuego. Al ver con qué interés observaba el desastre, Margaux, con la voz rota, le explicó:

—El ejército de Sherman lo incendió. Nadie de mi familia estaba presente; estábamos en Charleston y Albert en la guerra... no pudimos hacer nada. Solo algunos criados y la vieja Molly lo hicieron. ¿Te acuerdas... perdón... *se* acuerda de ella? —se corrigió a sí misma.

No quería tratar a Adam con demasiada familiaridad puesto que ya no era el peón de su padre, sino

Difícil perdón

el millonario empresario que le había prestado el dinero.

Adam sonrió al oír el cambio de registro, pero reconoció que le había gustado más el trato directo. Le satisfacía que ella le tratase de tú; les daba una intimidad y un trato especial que, lógicamente, no tenía sentido, pero a él le gustaba.

Asintiendo con la cabeza contestó a la joven. Sí se acordaba de la vieja Molly, la madre de Stuart, el negro más rebelde de todos los esclavos de la familia Lemoine y con el que compartió muchas jornadas de caza, pesca, baño en el río, conversaciones... Sabía que Stuart había sido uno de los primeros que habían huido de la finca al estallar la guerra y se había unido al ejército yanqui para luchar por su libertad; si sus fuentes no le habían fallado, habría muerto en el sesenta y tres.

Los dos caminaron por el sendero lleno de malas hierbas y rastrojos y se acercaron a la casa. El frente y el ala izquierda eran una montonera de piedras caídas, muros negros de humo y habitaciones sin techo. Margaux subió los escalones de lo que en su día había sido la puerta principal y, metiéndose en el hall, se dirigió a la zona que antiguamente había dado al salón principal y que ahora era la única ala habitable.

Apenas quedaban muebles originales, solo algunos toscos de madera que habrían estado en las dependencias de los criados y que al desaparecer los primeros, habrían mandado colocar ahí al menos para tener donde comer o sentarse.

En la habitación del fondo —que fue despacho privado del señor Lemoine— había un dormitorio grande con una chimenea que daba acceso a otra habitación igualmente amueblada. Debía de ser el lugar donde las chicas dormían cuando iban por allí, pensó Adam. Ya fuera, llegaron a las cocinas donde la vieja Molly, que seguía igual de vieja y apergaminada, como si el tiempo no hubiera pasado por ella, preparaba en un puchero de barro un guiso con patatas y carne que parecía de conejo.

—Hola, Molly... huele bien... ¿Estás preparando el desayuno a los hombres?

—Sí, señorita. Como usted me dijo, le llené el *cardero* de *güenas* papas y...

Iba a seguir comentándole a la patrona cómo iban los trabajos en la finca cuando sus negros ojos se quedaron fijos en el hombretón que había a contraluz, en la puerta, y se puso a llorar.

—¡Ay, por mis muertos...! —dijo besando un extraño crucifijo hecho con ramitas atadas con hebras que llevaba colgado al cuello—. ¡Que este de

Difícil perdón

aquí —dijo señalando a Adam— es el mal bicho del niñito Tilman!

Cuando la vieja vio que tanto la señorita Lemoine como el caballero afirmaban con la cabeza, se le acercó y le abrazó, a punto de tiznar al joven su elegante chaqueta de montar con la cuchara de madera con la que había estado removiendo la comida.

Adam quedó sorprendido por tan arrebatada bienvenida y, apretándole los hombros, la saludó con cariño y le habló un rato de los viejos tiempos. Mientras ambos continuaban con su charla, Margaux ordenó a una pequeña, biznieta de Molly, que preparara algo de tocino frito y unos huevos para el señor Tilman. Habían salido muy temprano de Charleston y probablemente a esas horas ya tuviera hambre.

No se equivocó. En un ambiente caldeado comieron algo y, emplazándose hasta el mediodía, salieron a recorrer la hacienda.

—Podemos ir a caballo —le explicó Margaux, y al minuto se arrepintió, como si aquella referencia le fuera a recordar al otro el encontronazo que en su día tuvieron precisamente por un equino.

No supo si aquello se lo recordó porque él no dijo nada; se limitó a dirigirse a las cuadras y a quedar impactado por el estado desastroso en que se hallaban. La mitad estaban hundidas y solo uno de los laterales se mantenía en pie. «Al menos —pensó él—, están limpias y los animales cuidados.» No eran hermosos ejemplares de carreras como los que en su día había tenido el señor Lemoine, pero por lo menos no eran bestias famélicas como otras que había visto en otras haciendas.

El caballero ayudó educadamente a Margaux a montar y esta sintió un escalofrío al notar, a través de sus guantes, el contacto con sus manos. Sin decir nada, giró las riendas y empezó a caminar al paso, delante de él; guardando las distancias le fue enseñando la superficie plantada que era bastante grande y que parecía estar dando buen rendimiento; divisaron también la zona en barbecho y las hectáreas que había preparado para plantar de algo diferente, bien maíz u otro cereal.

Finalmente visitaron los semilleros y el molino. Adam tuvo que reconocer que para ser una niñita consentida cuya única educación en la vida había consistido en cómo cazar un novio rico, no lo había hecho tan mal.

—Y el resto, ¿cuándo pensabais empezar? —le preguntó, refiriéndose al edificio y a las cuadras aún destruidas.

—Cuando hubiera dinero. No podía gastar el poco que tenía líquido en arreglar esta mansión y las

Difícil perdón

cuadras... Habría necesitado todo y habría sido insuficiente; empecé invirtiendo en estos terrenos y tapando las enormes goteras de la casa de Charleston —le explicó— y después, con lo que he ido sacando del campo, he ido pagando los créditos, los arreglos en la casa donde vivimos, los tratamientos de mi padre, la dote de mi hermana Hortense... y hasta ahí —dijo mirándole, encogiéndose de hombros—. No he podido hacer más.

—Estas son buenas tierras; si se hace una inversión potente podréis pagar enseguida la deuda y conseguir liquidez para afrontar las obras necesarias. El semillero es muy completo y la naturaleza hará el resto.

—¡Dios le oiga! —dijo riéndose ella—. Ojalá. Espero poder pagarle todo cuanto antes... y estoy abierta a cualquier consejo que como hombre de negocios me quiera ofrecer —dijo.

Adam creyó ver el cielo abierto; había temido que ella, que podría ser poco leída, pero no tenía un pelo de tonta, pusiese objeciones a plantar todo de arroz y aumentar los riesgos, pero si estaba abierta a sus sugerencias eso suponía dos cosas: que le iba a ser mucho más fácil engañarla y que su impresión de él había cambiado, que ya no le veía como el joven descarado y gañán de antes.

Esa idea le encantó y abrió todos sus sentidos con la necesidad de captar todas las señales que ella le enviase. Necesitaba saber qué pensaba ella ahora de él, cómo le veía. ¿Le encontraba atractivo? ¿Le gustaba? ¿Podrían ser amigos? ¿Se casaría finalmente con Legrand?

Durante horas habló con ella como un profesional; recorrió a pie la zona que creía debía ser la siguiente en plantarse; comentó algunos recuerdos de la finca y notó que ella... parecía absorta escuchándole.

¿Podría seducirla? La idea le resultaba maravillosa, pero difícil de creer. Había temido que una invisible barrera siguiera alejándoles, que ella —aun sin un centavo en el bolsillo— continuara viéndole como un desclasado o un arribista... Pero parecía que no. O lo disimulaba muy bien y por necesidades económicas fingía mejor que nadie, o había cambiado.

La observó mientras hablaba con las mujeres de los peones en las cabañas de madera construidas recientemente en donde antaño estuvieran las barracas de los esclavos. Le pareció bonita con su falda pasada de moda y su chaquetilla de terciopelo raída. La ropa no le restaba ni un ápice de su atractivo; al contrario. Ahora que su madre no la vestía con tanto oropel, miriñaques inmensos, volantes y pamelas gi-

Difícil perdón

gantescas, se veía más natural. El peinado no recordaba a los laboriosos trenzados y recogidos que antaño le preparaba su doncella y al que dedicaba horas; llevaba un sencillo moño del que se le escapaban multitud de mechones morenos y rizados.

Su cara no estaba blanca a base de capas y capas de polvo de arroz, sino que tenía un magnífico color natural, entre el tostado de la vida al aire libre y el rojo del ejercicio, que le daba un aspecto menos glamuroso, pero más vital. Sus ojos chispeaban y no parecía la niña consentida de entonces, sino una mujer madura e inteligente. Sus intentos de acercamiento le encantaron, pero quiso ser precavido y no caer en sus redes. Si algo había descubierto con los años eran las increíbles tretas que podían usar las mujeres para salirse con la suya.

Tal vez ella creyera que seguía teniéndole a sus pies, pero él ya no era el inocente jovencito de entonces y no se lo pondría fácil. Si por casualidad creía que bastaría con un beso robado para tenerle comiendo de nuevo en su mano... estaba muy equivocada. Él marcaría los tiempos.

La hora del almuerzo llegó enseguida. El ejercicio al aire libre de toda la jornada les había abierto el apetito y ambos comieron con gusto el sencillo guiso de patatas y el tocino chamuscado que Molly les preparó. La vieja estaba charlatana y no paró de recordar historias de los muchachos en sus años jóvenes que provocaron la risa feliz de Adam y en más de una ocasión la de Margaux, que asistía admirada a la cantidad de pifias que habían hecho los chicos en aquel tiempo. El ambiente era relajado y la joven sintió un pinchazo de anhelo en su corazón.

No podía dejar de mirar de soslayo al caballero y sentir que removía algo muy profundo en su interior. No podía olvidar el tacto de sus manos aquella noche en que se coló en su cuarto y desear volver a sentirlas sobre su piel; no podía dejar de oírle y escuchar su voz retadora asegurándole que ella, Margaux Lemoine, sería su mujer...

De repente, sintió un abrumador deseo de que él no hubiese olvidado aquel juramento, de que aquel gesto tan personal que había tenido acompañándola a la plantación significase mucho más que la simple cortesía de un conocido, que significase que había vuelto a por ella. Margaux seguía sus pensamientos con la mirada perdida entre él y el fuego de la chimenea sin darse cuenta de que los ojos de la vieja Molly habían leído como en un libro abierto en su corazón. Al despedirse, la vieja, hechicera de su tribu, le ofreció unas piedras y en un aparte le dio un tarro con un líquido de color azulado.

Difícil perdón

—Déselo, amita, en un descuido... y será suyo.

—¿Cóooomo? —le preguntó ella asustada, retirando la mano, devolviéndole el tarro.

—Lo que ha oído. Si tanto suspira por él... déselo. El diosito se lo devolverá... aunque siempre fue suyo.

—¿Eso crees, Molly? —le preguntó ansiosa Margaux, avergonzada de creer en esas bobadas, pero se escondió el tarro en la faltriquera de la falda.

—No lo creo; lo sé.

Capítulo 8

—¿Crees que debería aumentar la producción de arroz? ¿No sería demasiado arriesgado apostar todo al mismo cultivo? —le preguntó Margaux a su prima la mañana siguiente.

Había regresado tarde y cansada de la plantación y no había tenido tiempo ni ganas de hablar de lo ocurrido con Adam ese día.

Sabía que su prima estaba expectante, deseosa de que le contase todo, incluida la parte más personal del encuentro.

El desayuno fue tardío y Margaux se mostró más precavida que de costumbre; no sabía qué contarle exactamente a su prima.

—Siempre había creído que había que diversificar riesgos en las plantaciones, pero si Adam te ha aconsejado que apuestes todas las fichas al mismo número... será por algo. Tal vez tenga información confidencial, ya sabes cómo son esos tipos. Pero dime, ¿qué más hicisteis?

—Recorrimos la finca, se entretuvo charlando un buen rato con la vieja Molly, montamos a caballo, hablamos de los viejos tiempos...

—¿Hablasteis de lo que ocurrió entonces? —la interrumpió Madeleine sorprendida.

—No... me he explicado mal; él habló de los viejos tiempos con Molly y después comentamos algunos asuntos de entonces, pero para nada hablamos de lo que ocurrió aquella vez.

—Quedaría impresionado por el estado ruinoso de la plantación.

—Sí... me preguntó cuándo pensaba empezar a recuperar la casa y las cuadras y le tuve que ser sincera: cuando tenga el dinero suficiente. —Margaux hablaba, pero había algo en su tono que hizo que su prima la notara rara.

—¿Te pasa algo? ¿Estás preocupada por algo? ¿No te termina de convencer su ayuda?

—No, no es eso... es que no puedo estar cerca de él y no sentirme... descolocada. Ayer me pareció

Difícil perdón

un hombre muy interesante, atractivo... pero también voluble, desconcertante, difícil...

—Te gusta, ¿no? —le preguntó divertida su prima—. Mira que si después de lo que has despotricado de él, resulta que terminas enamorándote...

—No, ¡cómo crees que voy a hacer tal cosa! Una cosa es que me resulte interesante y, otra, que vaya a enamorarme de él —mintió sabiendo lo cerca que estaba de ello, la perturbadora sensación de intimidad que había sentido el día anterior; el deseo de que la besase, de que se hubiera acercado a ella en un intento de cumplir el juramento que le hizo...

No se atrevió a contarle todo eso a Madeleine; temió que la tomara por una loca. Pensaba en ello cuando escuchó como la otra llamaba su atención.

—Digo... —volvió a repetir Madeleine— que si te inquieta su propuesta... si no te sientes segura de su capacidad o de sus intenciones, podrías invitarle a cenar a casa con cualquier excusa y así yo podría observarle. Sacaré mis propias conclusiones, que serán bastante más objetivas que las tuyas, y te diré luego lo que opino, ¿te parece?

—¿Harías eso por mí? —preguntó entusiasmada Margaux, y su prima asintió.

—Señorita Margaux —las interrumpió en ese

momento su mayordomo—, el señor Legrand acaba de llegar; la espera a usted en la biblioteca.

—Dile lo que le tengas que decir, pero... no le hagas daño —le pidió Madeleine después de que ambas se miraran nerviosas—. Para él, como para tantos de nuestros hombres, ha sido muy difícil volver; más de uno habría preferido morir en el campo de batalla con honor y no hacerlo así, poco a poco, viendo cómo sus enemigos se adueñan de sus casas, de todo...

—Está bien —contestó Margaux y, echándose un ligero chal por encima, salió a su encuentro.

Jacques Legrand se apoyaba indolente en la chimenea, removiendo unas ascuas con las que encenderse un cigarro cuando la vio entrar. El rostro serio de ella le hizo deshacer la sonrisa y, saludándola cortésmente, la animó a que comenzara. Estaba —le dijo— impaciente por saber qué era eso tan importante de lo que tenían que hablar. Margaux le invitó a sentarse en el viejo sillón de terciopelo azul de su padre. Sin dilatarse fue al grano; pensó que sería lo mejor.

—No va a haber boda —dijo y observó como el otro la miraba desconcertado—. No voy a casarme contigo. Supongo que debería habértelo dicho antes, pero... no sé, simplemente, me dejé llevar por lo que

Difícil perdón

un día hubo entre nosotros. Es mejor romper el compromiso; ya no somos los de entonces y tenemos derecho a rehacer nuestra vi...

—¿Estás loca? ¿Sabes lo que eso supondría? ¿Sabes qué humillación y vergüenza sería? ¿Sa...?

—Si es eso lo único que te importa —le interrumpió ella—, puedes dejar claro que he sido yo la que lo ha roto. Si tienen que hablar mal de alguien, que sea de mí.

—Lo vas arreglando... ¿Además del escándalo quieres hacerme quedar como un cornudo? ¿Quieres que se rían todos a mis espaldas? Creo que he tenido ya bastante paciencia conti...

—¡No me hables de paciencia! —le atajó ella mientras el tono y las acusaciones iban subiendo de volumen—. Te esperé años hasta que te declaraste; te esperé años a que regresaras de la guerra; te esperé dos años a que salieras del estado anímico y físico con el que regresaste y he esperado a que... a que... —dijo sin saber terminar la frase—. No me amas; tal vez nunca lo hiciste y simplemente aceptaste este compromiso porque era bueno para tus intereses, pero ese mundo... ¡ya no existe Jacques! —dijo suplicándole con los ojos, intentando que él comprendiera—. Ya no somos los de antes; tú ya no eres el rico heredero ni yo la jovencita inocente. Estamos arruinados... los dos. Aquel mundo no volverá, es mejor aceptarlo.

—En la vida no todo es dinero y yo soy un hombre con honor. Jamás rompería un compromiso matrimonial y lo sabes. La palabra de un Legrand es sagrada.

—Si por dignidad entiendes eso, lo sé. Pero también sé que no me amas, que prefieres la diversión con tus amigos en las tabernas, irte de putas, mantener a una querida negra en la ciudad... Sí —le hizo callar cuando él iba a defenderse—. Lo sé todo desde hace años y también que no eres la clase de hombre que necesito. Lo siento.

—¿Y qué clase de hombre necesitas? ¿Un héroe? ¡Si no queda ninguno vivo!

—Tal vez —contestó ella indignada por el tono de prepotencia y la superioridad con que él la trataba—, pero al menos me cabe la esperanza de que si queda alguno... pueda ser para mí. Mira, no quiero hacerte daño. Lo único que tienes que hacer es ir a la misma publicación a la que acudiste sin mi consentimiento a publicar la fecha de la boda y anunciar que no habrá tal boda. Si tienen que hablar de nosotros, que hablen.

—¿Hay otro?

—No... y lo sabes. No hay nadie en mi vida.

Difícil perdón

—Bien. Si es lo que quieres... Después no te quejes de las habladurías. Hablarán y mucho... pero sobre todo de ti —dijo colérico recogiendo su chistera y su bastón y marchándose de malos modos—. Hablarán de ti —dijo volviéndose hacia ella—. Seré yo quien te deje a ti —dijo tirando el cigarro al suelo de mármol de la casa y pisándolo con sus duras botas.

—Así sea —contestó Margaux preocupada cuando él ya se había ido dando un portazo.

Instantes después apareció Madeleine en el salón y se encontró a su prima con los ojos llorosos mirando por la ventana.

—¿Te ha hecho algo? ¡Por Dios, háblame, Margaux! ¡Sus gritos se oían por toda la casa!

—No me ha hecho nada. Se lo ha tomado muy mal, como era lógico, y yo...

—¿Le he entendido cuando salía que haría creer a todo el mundo que era él quien te abandonaba? ¿Sería capaz de eso? —le preguntó su prima, y sus temores quedaron confirmados cuando la otra asintió con la cabeza—. ¿Pero sabes lo que eso supondría? Escúchame —dijo meneándola por los hombros—, parecerá que eres una perdida, que te trata como a una vulgar mujerzuela. Tienes que impedirlo... llega a algún tipo de acuerdo.

—No quiere ningún acuerdo, solo sentir su ego satisfecho; su comportamiento me ratifica en mi decisión. Es un indeseable. Mejor esta ofensa que aguantarle como esposo el resto de mi vida. Ya sé lo que significa, pero ¿qué otra cosa puedo hacer?

—No sé, pero algo... Si no, habrá rumores de todas clases. Hubo un caso similar en Savannah y no veas... se dijo de ella de todo: que se acostaba con otros, que estaba embarazada de otro...

—Como en mi caso no es cierto, pronto saldrán de dudas —dijo y salió airada de la sala.

Dos días más tarde era otro el hombre que la visitaba. Adam Tilman había aceptado la invitación a cenar de mademoiselle Lemoine y había acudido curioso a la cita. Margaux había seguido el consejo de su prima y le había invitado poniendo una tonta excusa de negocios que él para nada se había tragado. El interés de ella le encantaba y lo entendía como un paso más en la dirección adecuada: la de su conquista. La veía abierta a esa posibilidad y eso le producía vértigo; una emoción que pocas cosas se la provocaban ya.

Cuando llegó le presentaron a Madeleine Boncoeur y enseguida se sentaron a la mesa. Él aportó varias botellas de un costoso vino y un rico y sofisticado postre; Margaux se mostró halagada. Aún no se había publicado la ruptura de su enlace matrimonial y por tanto en ese terreno no había nada que temer. La cena fue amena; los tres jóvenes hablaron de todo y de nada. Adam Tilman dijo recordar a la señorita Boncoeur de alguna visita a la plantación cuando era niña y ella le agradeció los corteses cumplidos.

Madeleine pudo esa noche comprobar la tensión reinante en la sala. Aunque la charla fuera distendida, era evidente que entre los otros dos saltaban chispas y no eran precisamente de odio. La mirada de Margaux se había iluminado; sus ojos se veían brillantes, emocionados y, su aspecto, mucho más cuidado que de costumbre.

Había pasado toda la tarde en el tocador arreglándose, algo que había intrigado a su prima. Él tampoco parecía ajeno a esa atracción; parecía eludir las miradas largas y bastante evidentes de Margaux, pero al mismo tiempo se le veía... feliz. ¿Estarían enamorándose?

Ella no le recordaba, pero tuvo que reconocer que la primera descripción que le hicieron sus primas sobre el gañán sucio y descarado que en su juventud fue no se aproximaba a la realidad. Ahora era un caballero si no guapo, sí atractivo; resultaba muy masculino con su nariz rota —sabía que debido a una pelea en su juventud—, una cicatriz en la mandíbula, sus pómulos pronunciados, su cabello rubio ceniza peinado con brillantina hacia atrás...

Parecía que hubiese pertenecido siempre a ese mundo, que hubiese sido millonario toda la vida; era un hombre inteligente y sus ojos así lo demostraban.

Madeleine sabía que no había perdido de vista ni un solo detalle de la arruinada mansión y que posiblemente estuviera evaluando el coste del inmueble, el dinero que costaría el arreglo general y las penurias que durante años habrían debido pasar sus inquilinas. Margaux le explicó las últimas informaciones que tenían sobre su padre; el telegrama recibido esa mañana de Hortense y Madeleine terminó desviando la conversación al primero de sus objetivos.

—Señor Tilman... me comentó ayer mi prima que considera oportuno aumentar el terreno en producción y hacerlo además todo con el mismo cultivo. A Margaux no le parece mal —mintió—, pero yo siempre había creído que era mejor diversificar riesgos.

—Sí —contestó el otro carraspeando—, es verdad en general, pero cuando hay tanta necesidad de

Difícil perdón

una materia prima... El arroz es un alimento básico muy demandado. ¿Para qué cambiar? No hay riesgo. En todos estos años el arroz ha sido el producto que más estable se ha mantenido y no hay por qué creer que eso vaya a cambiar. —Y les sonrió de manera arrolladora.

Madeleine creyó ver franqueza en su mirada. Sus ojos, de un extraño color entre el gris y el verde, irradiaban chispas y parecían sinceros. Margaux se sentía violenta con esa conversación; temiendo que él se enfadase con sus sospechas, y recordando la súplica de Hortense, intentó zanjar el asunto. Cambiando de tema, y ya con los tres sentados tomándose un café frente a la chimenea, se atrevió a preguntarle cortésmente por el resto de su familia.

Él pasó brevemente por todos comentando cosas con poco interés: sus padres seguían vivos y gozaban de buena salud; su hermano Bill llevaba años casado y era padre de tres hijos, y su hermana April se había convertido en una jovencita casadera encantadora. Se le caía la baba con su hermana pequeña, según pudieron apreciar las otras mujeres, que aprovecharon la ocasión para saber más de él.

Esa noche supieron cómo iban las obras que estaba acometiendo en su nueva residencia —una impresionante mansión comprada hacía un año en la calle Charlotte, en el barrio francés— y sus planes de vivir allí una vez casado... con la señorita Camyl Clapton.

—No tenemos el honor de conocerla —se atrevió a decir Madeleine y vio el nerviosismo en los ojos de su prima. Esta, de habitual bastante decidida, parecía cohibida en presencia de Adam.

—Sí... no se mueve en sus círculos —comentó él y miró decididamente a Margaux, intentando sondear qué sentía—. Es una muchacha encantadora. Su padre es el señor Clapton, el constructor, seguramente habrán oído hablar de él.

—¿Cuándo será la boda? —le preguntó descaradamente Madeleine, a bocajarro.

—Aún no hemos fijado la fecha, pero seguramente será para el otoño.

—¡Vaya... igual que la de Hortense! —exclamó Margaux, aunque tenía un nudo en la garganta.

Una cosa era leer en la prensa que un antiguo conocido iba a casarse y otra comprender allí, y en ese mismo momento, que Adam Tilman iba a casarse en unos meses con otra.

Aquello venía a demostrarle que la causa de su amabilidad con ella no tenía nada que ver con aquella promesa que un día le lanzase de que de una manera u otra ella terminaría siendo *su mujer*. Su relación ac-

Difícil perdón

tual se basaba exclusivamente en el dinero y aquello la hizo sentirse profundamente decepcionada.

A él le extrañó que se refiriese a su hermana y no hablase de su propia boda con Legrand. Aunque le corroía la curiosidad, no sacó el tema; esperaba que fuese ella quien lo hiciese, pero Margaux no dijo palabra.

Aquello le disgustó. ¿Pretendía acaso ocultarle esa noticia? Tal vez, si su intención era seducirle para conseguir mejores intereses en el crédito, no quisiese que lo supiera. ¡¿Era boba?! ¿Acaso creía que podría engañarle con algo así? ¿Que él no se enteraría por otros medios? El disgusto se le debió de reflejar en la cara porque Madeleine volvió a cambiar de asunto. Al final hablaron de cuestiones poco interesantes.

—Vaya... una vida apasionante —comentó Madeleine ya casi bostezando al oír las campanas de medianoche. La velada había avanzado deprisa y era muy tarde.

Él comprendió la indirecta y se levantó educadamente. Margaux salió a despedirle al vestíbulo y, mirándole a los ojos, le recordó que se verían en un par de días en las oficinas.

—Estaré encantado de volver a verla —contestó él y su mirada reflejó su sinceridad.

Después de esa cena, Adam Tilman fue invitado varias veces más a casa de los Lemoine. Madeleine había dado su visto bueno a los consejos del caballero en cuanto a la plantación, pero viendo cómo afectaban las citas a Margaux, decidió hablar del tema con su prima.

—¿No te parece que te estás encaprichando de él? ¿No te estarás enamorando de él? —le preguntó una mañana cuando regresaban del mercado.

—No... no digas sandeces. Por cierto —dijo Margaux cambiando bruscamente de tema—, ¿has visto cómo me miraban esas arpías? ¿Y lo que me ha dicho la Faure? ¿Ha dado a entender que...?

—Sí... que te has quedado para vestir santos; que eres una vieja incapaz de competir con las jovencitas de quince años, como su hija, que están ya en el mercado matrimonial. Déjalas. Estos días has salido poco y no te habías dado cuenta, pero ya te lo advertí. Se habla y mucho de ti. Jacques corrió a publicar el anuncio de vuestra ruptura matrimonial y, aunque algunos le han criticado por haberte abandonado, lo normal es que se hable del porqué. Ya hay quien anda diciendo que te ves por ahí con otro... —dijo mientras caminaba a paso rápido a esas horas tan tempranas y frías de la mañana—. Ándate con cuidado. Creo que no deberías verte con Tilman tan a menudo; podrías desatar algún rumor. Si necesitas consultarle algo, o

Difícil perdón

hablar de la plantación... mejor reúnete allí con él. En la ciudad hay demasiados chismosos.

Con esa sugerencia se quedó Margaux. Tenía claro que no iba a renunciar a hablar con Adam cuantas veces fuese necesario por culpa de unos chismosos. Él se había ofrecido a ayudarla y ella había aceptado. Con esa inquietud cerró esa tarde su próxima cita con él, pero no queriendo enfadar a su prima, le citó esa vez en Fôret Rouge. Sería en menos de una semana.

Capítulo 9

Pero Adam tardó más de lo previsto en volver a dar señales de vida. Envió una tarjeta disculpándose: estaría de viaje unas semanas. Su desaparición repentina alegró en secreto a Madeleine, preocupada por la deriva que estaban tomando los acontecimientos; se veía impotente para frenar las ansias de Margaux por vivir. Tras romper con Legrand parecía haberse liberado de una pesada carga y estaba más entusiasmada que nunca con sus tierras, con el futuro, con todo. Madeleine sabía que buena parte de la culpa de aquel cambio la tenía Adam Tilman, pero temía que a la larga aquella relación pudiese perjudicarla.

El viaje fue alargándose y dos semanas después

de su último encuentro, la señorita Lemoine, cansada y nerviosa de esperar, decidió marcharse a la plantación. Los trabajos en las nuevas áreas en producción habían comenzado y quería estar al pie del cañón. También iba a utilizar parte del dinero para desescombrar la casa y ver con un arquitecto qué parte podían salvar y cual tendrían que tirar sin más remedio. Mientras Madeleine Boncoeur se encargaba de la casa de Charleston, de atender a las visitas, asistir a los actos del Hogar de Viudas y Huérfanos o esperar noticias de Nueva Orleans, Margaux se puso manos a la obra. No había trabajado tanto en su vida, pero se sentía más llena de energía y vitalidad que nunca; era la primera en levantarse y la última en acostarse. La vieja Molly le preparaba la comida, atendía sus necesidades, limpiaba su ropa y recibía sus órdenes.

—Señorita, por Dios, póngase esto en la cara que si no acabará como yo de negra —le decía riéndose cuando le ofrecía un líquido blancuzco para que no se quemara su fino cutis después de pasar horas al aire libre, expuesta al sol.

Jeremy, uno de los muchachos que trabajaban en la plantación, se encargaba de ir a Charleston cada dos días para mantener el contacto con Madeleine, recoger los telegramas de Hortense e informarse de si el señor Tilman había regresado. Después de numerosos

Difícil perdón

viajes sin noticias de este, el primer viernes de marzo anunció a su patrona que el señor Tilman había regresado y le enseñó el recorte de periódico que la señorita Madeleine le había hecho llegar. En él se hablaba de los últimos negocios en materia de transporte que Adam había cerrado con otro prohombre del estado y de su asistencia a un estreno teatral. Ella pensó que en unos días Adam pasaría por la plantación para conocer *in situ* cómo iban los trabajos... pero se equivocó.

Hubo visita, pero no la esperada. Adam Tilman estaba muy ocupado y envió en su lugar a uno de sus hombres. Blake Welch se acercó aquella misma semana por Fôret Rouge y tomó nota de cómo iba la siembra, las obras para recuperar las cuadras —que también había insistido en que Margaux acometiera— y demás trabajos. Decepcionada por su ausencia, decidió dejar de pensar en él y concentrarse en sus cultivos. La inversión era demasiado cuantiosa y necesitaba cuanto antes sacar rendimiento a esas tierras para empezar a devolver el crédito. ¡Que Adam Tilman se fuera al infierno! ¿Quién le necesitaba?, se dijo tratando de aplacar su enfado.

El mes de marzo fue agotador. A excepción de un par de días que se acercó por Charleston para informar a su prima de la marcha de la cosecha, comprobar que la operación de su padre había ido bien y comprar unas herramientas, el resto del tiempo lo pasó sola en el campo con sus hombres. Se llevaba especialmente bien con su capataz, Rupert Dovis, un tipo duro y simpático que atendía al minuto sus más mínimas peticiones. Dedicaba el día a trabajar sin descanso y la noche a dar vueltas en la cama.

Llevaba mal las críticas que la señalaban como una cabeza de chorlito por la ruptura de su compromiso. ¡A su edad! ¡Qué se habría creído!, venían a decirle. Le parecía irónico que al mismo tiempo que la acusaban de ser una mujer ligera de cascos, le colocasen también el cartel de solterona. Ella no se sentía ni una cosa ni la otra y lamentaba que aquellas matronas, amigas de su madre de toda la vida, que conocían al dedillo la vida desenfrenada que llevaba Jacques, le dieran más crédito a él que a ella, que jamás había violado una norma social.

No, no se tenía por una cabeza de chorlito ni por una insensata, como tampoco admitía ser una solterona, aunque el tiempo no pasaba en balde y ya no era una niña. Sí reconocía, admitió tristemente, que los últimos diez años de su vida habían sido un vacío en el terreno sentimental. ¿Cómo había podido desperdiciar así su vida? ¿En qué había estado pensando todos esos años? ¿Por qué no rompió con Jacques cuando regresó del frente? ¿Por qué esperó tanto...?

Difícil perdón

Pensar en su decisión, en su ruptura con Jacques, le producía sentimientos encontrados. Aunque se sintiese liberada, la soledad le daba vértigo. Una cosa era estar unos días sola en su hacienda y otra plantearse el resto de su vida sin una familia propia. Había sido educada para ser madre y esposa... ¿Qué otra cosa haría si no en su vida? ¿Podría renunciar a compartirla con un esposo? ¿A tener hijos? Eso último era lo que más la mortificaba. Debía de ser el reloj biológico, porque sus ansias de ser madre habían aumentado en los últimos tiempos y a menudo se preguntaba cómo haría para satisfacer aquella necesidad, con quién se casaría, dónde estaría ese hombre con el que pasar el resto de sus días...

Cada vez que se hacía esas preguntas la respuesta la golpeaba con furia. La cara que se le aparecía no era la de ningún príncipe azul, sino la de Adam Tilman. Era él a quien su corazón reclamaba. La realidad se había ido abriendo paso en su mente y cada vez le resultaba más evidente; saber que él tenía otros planes, que en breve se casaría con una muchacha más joven que ella, la mortificaba.

¿Acaso era ya una vieja como decían las arpías de Charleston? ¿No seguía siendo tan bonita o más que antes? A escondidas de Molly, que parecía tener ojos hasta en el cogote, le gustaba mirarse en el espejo de su cuarto y contemplar su talle, que seguía siendo tan esbelto como antes, su rostro con unas facciones más marcadas, pero igualmente hermosas, o su pelo... Durante horas se miraba y se comparaba con la imagen que conservaba de Camyl Clapton. Su curiosidad había sido demasiado fuerte y antes de abandonar la ciudad se las había ingeniado para verla de lejos; no había sido fácil, pero, finalmente, una mañana había conseguido contemplar su rostro y descubrir, para su sorpresa, el gran parecido que guardaba con ella misma. Tenía el mismo corte de cara ovalado, los mismos expresivos ojos color ámbar, el cabello ondulado y moreno... ¿La había sustituido Adam por aquella niñita? ¿Había conseguido una copia que le diera menos problemas? ¿Se conformaría con un sucedáneo?

La tarde en que él se presentó en la plantación ella no le esperaba. Adam estaba en el porche hablando con la vieja Molly, que se reía a carcajadas, cuando Margaux apareció en el horizonte. Cabalgaba como si la persiguiese el diablo y montaba a horcajadas con un poncho por encima y el pelo alborotado. Paró bruscamente y se acercó a las cuadras. De un salto desmontó y entregó las riendas a un mozo mientras el capataz, que la seguía unos metros por detrás, hacía lo propio. Adam no pudo evitar un ramalazo de celos al ver la camaradería que había entre ambos.

Difícil perdón

Había luchado por no verla más de lo estrictamente necesario —al menos hasta que su corazón se aclarase— y por eso había provocado aquella separación. Deseaba seducirla, pero no quedar él mismo atrapado. En las últimas semanas había notado como su corazón había dejado de obedecerle y había comprendido que, si no se andaba con cuidado, el seducido volvería a ser él. Temía volver a enamorarse de ella tan locamente como lo había estado hacía años.

Aquellas semanas sin verla habían servido para enfriarle la sangre y para convencerle de que eso no volvería a pasar jamás. Había regresado a Fôret Rouge seguro de sí mismo y, sin embargo, habían bastado unos segundos para hacerlo dudar de nuevo. Rechazando esos temores se le acercó. Ella le vio a lo lejos y pareció desconcertada. Cuando se repuso de la sorpresa se dirigió a él con paso decidido. ¿Estaba enfadada o lo parecía? ¿Le habría echado de menos? Al verla supo que sí, y aquel pensamiento le alegró. Deseaba que sintiera la misma ansiedad que él por verse, la misma necesidad...

—¡Vaya, señor Tilman... no sabía que fuera a venir! —le comentó mientras le daba un apretón de manos poco femenino y despedía con un gesto autoritario de cabeza a su capataz.

—Veo que está muy ocupada y sé por el señor Welch que todo marcha sobre ruedas.

—Es cierto —dijo quitándose el sombrero—. Es algo tarde para una visita aunque, si quiere, puedo acompañarle a ver la zona nueva.

—No... vine hace un buen rato creyendo que tendríamos tiempo, pero ha tardado usted en regresar. He estado de charla con Molly —dijo señalando a la vieja que se había retirado al interior con la excusa de preparar la cena y así poder dejarles solos—. Ahora ya es muy tarde; regresaré mañana.

—Está bien, pero cene al menos conmigo —dijo con una sonrisa, pero con tono enfadado.

Adam aceptó. Minutos después se quedaban solos en la cocina frente a un buen plato de habichuelas mientras Molly salía acompañada de Jeremy para llevar la olla hasta los barracones donde cenarían los peones.

—Señorita, si salen no cierren, que se ha llevado Thomas la llave —dijo refiriéndose a uno de los hombres—. La ha confundido con la del molino y voy a buscarla ahora mismo.

—Tranquila, Molly; no cerraré.

Margaux Lemoine y Adam Tilman cenaron y hablaron poco; lo justo y para tratar de negocios. Adam le expresó su satisfacción al saber que había empezado a arreglar las cuadras y que había seguido sus consejos con respecto a mantener un monocultivo de arroz en

Difícil perdón

sus tierras, y le preguntó cortésmente por su prima Madeleine y su familia. Quería saber cómo había ido la operación de su padre en Nueva Orleans y cómo estaba yendo la recuperación. Margaux le explicó que los médicos estaban contentos y que lo difícil llegaba ahora; era muy posible que la mente extraviada de su padre se debiese más a su propio deseo que a un problema físico real. Estaba por ver si conseguían que finalmente recuperase la cabeza.

Adam iba a despedirse cuando Margaux le invitó a ver al menos la obra en las cuadras. Durante un rato caminaron por los senderos que rodeaban el lago artificial en el que se encontraba el templete en el que Adam tantas veces se había escondido de niño y que ahora se veía abandonado e invadido de vegetación. El agua había desbordado las orillas artificiales e inundaba una zona en caída donde crecían flores silvestres y anidaban patos.

Adam pudo comprobar la ampliación de los establos, sentir el olor de la madera nueva, de la paja y dar unas palmaditas en el cuello al último caballo que habían comprado. Era un animal de carga, pero se veía fuerte y lustroso. Terminaban cuando, ya con el cielo crepuscular, comenzó a llover. Ambos corrieron hasta llegar a la casa, pero Margaux se dio cuenta tarde que, desoyendo el consejo de Molly, había cerrado el portón; no podrían entrar. Con el agua cayendo torrencialmente descartaron ir a buscar a la vieja hasta el molino; sería más seguro refugiarse en el templete del lago que gracias a las enredaderas les protegería. Margaux se recogió las faldas, dejando a la vista sus fuertes y resistentes botas de montar, y siguió a Adam. Un instante más tarde se cobijaban debajo de la pagoda y se decidían a esperar.

—Tome, póngase esto, se enfriará —le dijo Adam ofreciéndole su elegante chaqueta de montar.

Ella le agradeció el gesto y fue a ponérsela, pero él, se le adelantó y se la colocó sobre los hombros. En un gesto sensual en el que ambos parecieron quedar atrapados, le levantó la melena alborotada y le subió el cuello; después, le dio la vuelta y le abrochó los botones. Sus manos húmedas rozaron su cuello y ella no pudo evitar estremecerse. Adam notó su temblor, vio el relampagueo en su mirada, sintió la tensión en sus músculos y la avidez en sus ojos y, sin pensárselo dos veces, la besó. Ninguna ocasión sería mejor que aquella para seducirla, se dijo, pero lo que sintió fue mucho más allá.

Un minuto después la tenía apretada contra sí y la besaba como un poseso. Esa vez ella no le abofeteó ni gritó, sino que se le entregó. Apretándose a su cuerpo, notando su calor e incluso los locos latidos de su

Difícil perdón

corazón, sus suaves manos se atrevieron a rodearle el cuello y a acariciarle la mejilla. Él le besó los dedos, chupó las gotas de agua que los humedecían y abrazándola con fuerza la apoyó en la columna de mármol del templete dispuesto a poseerla allí mismo. Cuando ella le devolvió los besos con la misma intensidad, la pasión se desató y él gimió de puro placer. Como en sueños, de forma lejana, oyeron entonces los gritos de Molly. Parecía estar buscándoles y aquello les obligó a parar. Sin resuello, frenaron en seco. Adam se quedó mirándola sin saber qué hacer a continuación y fue ella quien cogió las riendas de la situación. Sin vergüenza ni arrepentimiento le tendió la mano.

—Vayamos —dijo—. Nos enfriaremos aquí. Volvamos a casa. —Y entrelazó los dedos con los suyos.

Juntos corrieron por el barrizal hasta la casa. Molly había mantenido el fuego en la cocina y el ambiente era caluroso. Sin dejar de mirarles, la vieja les ofreció que pasaran a los dos cuartos y se cambiaran de ropa; ella les llevaría algo. Mientras los dos jóvenes se quitaban deprisa y corriendo la ropa mojada, la sirvienta les ofrecía a ella el vestido que le acababa de planchar y, a él, una muda del capataz. No era muy elegante, pero estaba limpia y seca.

—Molly, puedes marcharte ya —le ordenó Adam y la mujer obedeció.

Margaux, que estaba en la habitación contigua con la puerta entreabierta, lo oyó y se estremeció. ¿Qué iba a pasar? ¿Qué iba a hacer? No tuvo mucho tiempo para reflexionar porque Adam entró en su cuarto y, dirigiéndose directamente hacia ella, la volvió a besar. Sus labios se adueñaron de los suyos y notó excitada cómo su lengua la acariciaba, cómo su respiración entrecortada sonaba estrepitosa en sus oídos, cómo poco a poco él se iba apoderando de sus sentidos... Igual que aquella otra vez, él comenzó a levantarle las enaguas, a tocarle suavemente los muslos, a apretar su talle mientras acariciaba la curva de su pecho...

Le quitó el corsé con manos más diestras que las de antaño y, mirándola embelesado, la tumbó en la cama. Ella se dejó hacer. Dejó que él se entretuviera oliendo su cabello, chupándole los lóbulos de las orejas, relamiéndose con sus pezones. La sangre le hervía, el sofoco por el deseo insatisfecho la hacía suspirar y la necesidad de devolverle a él las mismas sensaciones que ella recibía era cada vez mayor. Con manos inexpertas, pero decididas, comenzó a tocarle. Sin dejar de mirarle a los ojos le desabrochó los botones de la camiseta interior, acarició el vello de su pe-

Difícil perdón

cho, rozó con la yema del dedo el perfil de su barbilla y sus labios y se rio feliz al contemplar cómo respondía él a su contacto. Adam sentía latir su corazón locamente y notaba dura la entrepierna. Le subió la falda y se acomodó entre sus muslos notando su cuerpo, sintiendo el calor de su pubis, ansioso por darle el mismo placer que él recibía.

Fuera se oía el golpeteo de las contraventanas, la lluvia furiosa y los truenos. Dentro, el chisporroteo del fuego en la chimenea, las risas bobas de ambos, las palabras tiernas, los suspiros de pasión. Durante un buen rato juguetearon sintiéndose inmensamente felices, alargando el momento definitivo, pero este terminó por llegar. Adam había intentado alargarlo al máximo, pero su resistencia tenía un límite. Le pidió que no se asustara y comenzó a penetrarla. Ella estaba nerviosa y tensa, pero, poco a poco, el deseo fue irradiando todo su ser y su cuerpo fue adaptándose a los movimientos del hombre. Sintió como entraba en ella y el balanceo suave inicial fue convirtiéndose en un golpeteo apasionado.

Arremetía contra ella en un movimiento frenético que la hizo sentirse completamente suya, descubrir lo que tanto había anhelado conocer: lo que era el amor, la entrega. Cuando los dos llegaron al orgasmo, un suspiro se escapó de sus gargantas y él quedó encima, agotado y feliz. Margaux tenía lágrimas en los ojos porque ¡por fin! había sabido lo que era amar y ser amada; por fin había conocido lo que era el deseo loco, la pasión desbordada... y con el hombre perfecto. Allí, con él a su lado, se sintió una mujer completa y feliz y comprendió con total lucidez que amaba a Adam Tilman.

—¿Lloras? —le preguntó él preocupado al darse cuenta—. ¿Te he hecho daño? Perdo...

—No, no es eso... lloro de felicidad —le contestó ella y él, emocionado, la abrazó en silencio.

Adam sentía la misma necesidad de llorar de felicidad que ella, pero se contuvo; lo que acababa de ocurrir era un milagro, algo irrepetible. Siempre había sabido que aquella mujer estaba hecha para él, pero nunca había sabido hasta qué punto. Ahora lo sabía. Margaux Lemoine era su otra mitad, su complemento perfecto, el sol que había iluminado y seguiría iluminando su existencia. En algún rincón de su mente revoloteaba la idea de la venganza, pero no pudo hacerse paso entre la maraña de poderosas sensaciones que le envolvían en ese instante.

Aquella fue su primera noche juntos. Durante horas siguieron haciendo el amor, riéndose o levantándose a la alacena a comer algo. El ejercicio les dio hambre y además se sentían con ganas de hablar, co-

Difícil perdón

mentar cosas sin importancia o simplemente mirarse. Ya muy avanzada la madrugada terminaron por dormirse, ella en brazos de él, y él más feliz de lo que recordaba haber sido jamás. Su conciencia le gritaba que lo que estaba haciendo era indecente, que estaba yendo demasiado lejos, pero no podía parar. Ya no.

El día siguiente lo pasaron en el campo. Adam rechazó cualquier sentimiento de arrepentimiento y se concentró en la relación. No quería pensar en su futura boda, en el daño que la reputación de Margaux podría sufrir o en su plan para arruinarla. No quería pensar en nada que no fueran ellos dos amándose, disfrutando de la vida, montando a caballo, haciendo planes... Ella no había sacado a colación el tema de su futuro juntos, pero estaba seguro de que tarde o temprano lo haría; entonces tendría que encontrar la forma de frenarla. Se quedaría en la plantación el tiempo que hiciese falta; lo necesitaría para seducirla completamente, se excusó a sí mismo, para conseguir que ella le amara y sufriera tanto como él en su día la había amado y sufrido. El pasado y el presente se mezclaban irremediablemente en su cabeza; cada uno intentaba ganar la batalla crucial, ganar su corazón.

—¿Me contarás alguna vez qué hiciste durante ese tiempo que estuviste tan lejos... de mí? —le preguntó ella, y se rio de su propia cara dura.

—Graciosa... —le contestó él—, pero ya has visto lo que te perdiste por no haberme hecho caso entonces —le contestó él divertido mientras se tomaba un brandy aquella noche en la cama desnudo, después de haber vuelto a hacer el amor.

—Eso es verdad... —le reconoció ella mientras se relamía con un tazón de cacao—. Hubiéramos ganado tiempo, aunque la vida tiene sus momentos... y creo que este es el nuestro. Estábamos predestinados, pero no entonces. La vida debía enseñarnos algunas cosas antes... a los dos.

—¿Eso crees? —le preguntó él suspicaz. Había sabido de la ruptura de su compromiso con Legrand y lo que se cuchicheaba en la ciudad. Se decía que había sido él quien la había abandonado por otra más joven y que ella podría haber tenido una aventura. Eso último lo descartó al comprobar su inexperiencia. Si había tenido alguna relación a escondidas habría sido platónica porque de sexo sabía más bien poco, por no decir nada. Respecto a que hubiera sido Legrand quien la hubiese abandonado, lo había encontrado más lógico. El tipo era un vicioso que llevaba una vida de depravación. Se jugaba a las cartas el poco dinero que caía en sus manos y se había empeñado hasta las pestañas. Debía de estar en la ruina y necesitaría una esposa rica que le sacara de apuros, no una novia tan arruinada como él.

Difícil perdón

Aunque fuera un estúpido, aún tenía planta, y con un poco de suerte podría cazar a alguna jovencita adinerada. Como había pocas sureñas que cumplieran tales requisitos tal vez lo intentara con alguna yanqui, pero eso estaba por ver. Él, por si acaso, le había mandado seguir. Quería saber qué hacía, con quién iba, a quién le debía dinero o dónde estaba en todo momento. Saber que el compromiso de Margaux se había roto le había alegrado, pero ahora habían aparecido nuevas dudas en su corazón. Cuando aparecía el monstruo de los celos podía ser demoledor. La inseguridad llenó su cabeza. ¿Se habría dejado seducir por él para vengarse de Legrand? ¿Estaría desesperada por demostrar a la sociedad de Charleston que no era una solterona? ¿Le estaría utilizando? Alejó de su cabeza aquellos pensamientos dolorosos.

Margaux le miraba intensamente intentando leer sus pensamientos. Ante su mirada perdida le volvió a preguntar y esa vez fue más concreta.

—¿Qué has hecho todos estos años? ¿Cómo te hiciste rico? Cuéntamelo, cuéntame todo lo que hiciste estos años lejos de mí —le suplicó con ojos soñadores y él accedió.

Así supo Margaux que fue su tía abuela Maud quien le recibió en Nueva York. La mujer, viuda de un maestro, había hecho un dinero jugando a la bolsa. Él no sabía de dónde procedían parte de sus ingresos hasta que al cabo de unos meses, la mujer perdió la vista y le tuvo que enseñar. Empezó así, jugando con el dinero de ella, pero viendo los resultados se animó a invertir lo que ganaba él como mozo en una taberna próxima al puerto. Solo unos dólares que había ahorrado, pero que poco a poco fueron convirtiéndose en más. Así descubrió que podía ganar en unos días más que en todo el mes trabajando de sol a sol. Aquello fue suficiente para que se volcase en aprender el funcionamiento de la bolsa.

La tía Maud se los explicó a su manera, pero él fue investigando por su cuenta. Fue viendo que había otros valores que hacían ganar más, pero suponían muchos más riesgos. La mujer solo jugaba a lo seguro, pero él decidió arriesgar y en un golpe de suerte consiguió una buena tajada. Con dos mil dólares en el bolsillo podía haberse ido de putas o haberse bebido la taberna entera donde trabajaba, pero decidió volver a jugarse la mitad de ese dinero, y así una y otra vez, guardándose siempre la mitad para no quedarse sin nada, arriesgando cada vez cifras más altas con valores más volátiles. Acertó. Tenía buena cabeza para los negocios, instinto, y el dinero ganado lo reinvirtió en la compra de locales, acciones para una empresa siderúrgica, otra maderera...

Difícil perdón

—Vivía para trabajar, para invertir, para comprar —dijo encogiéndose los hombros, mirándola—, para cambiar mi destino. Tenía algo por lo que luchar y ese es el mejor de los alicientes.

—¿Qué era? —se atrevió a preguntar Margaux, deseando que le contestara que el motivo no era otro que ella, pero él, mirándola de reojo, divertido, contestó a la ligera.

—Mi familia... ¿te parece poco aliciente?

—No, claro que no. —Y Adam Tilman pudo percibir su decepción.

Aquella semana la pasaron juntos en la plantación viviendo como dos recién casados, ajenos a los chismorreos de peones y criados; eran demasiado felices como para caer en esas menudencias. Siete días después de la llegada de Adam a la plantación, este tuvo que ausentarse. Necesitaba volver a Charleston por cuestiones de negocios, pero regresaría en dos días. Margaux le esperó sintiéndose la mujer más feliz de la tierra.

Capítulo 10

Las semanas transcurrieron volando. Margaux odiaba las pocas escapadas a la ciudad que Adam realizaba, temerosa de que algún asunto pudiese retenerle en Charleston más de lo debido o a ella se le acabase el tiempo.

Su actual situación tenía un límite: él no podía pasarse la vida haraganeando en el campo porque tenía que ocuparse de sus negocios y ella tampoco podía seguir allí *sine díe*.

Había enviado un recado a su prima para que no se preocupara por su tardanza en regresar, pero esta le había hecho saber por Jeremy que debía volver cuanto antes porque su padre y Hortense estaban a punto de volver de Nueva Orleans. Aunque le había explicado por encima qué hacía en la plantación, y lo necesario que era que siguiese allí, Madeleine debía sospechar algo, temerse lo peor, porque en la última semana le había enviado varios recados instándola a volver.

Margaux comprendía que Madeleine tenía razón, pero no se sentía con fuerzas para acabar con aquella vida plena y feliz. Aún no.

Desconocía los planes que Adam tenía respecto a su relación y la enervaba que él no quisiera acometer una discusión clara sobre el asunto. Sus intentos anteriores habían chocado con bromas, cambios rápidos de conversación o arrumacos y eso la inducía a creer que él aún no había tomado una decisión definitiva.

Aunque le había dado a entender que rompería con su prometida, ella no lo tenía claro. ¿De verdad lo haría? ¿Aquella relación estaba siendo para él tan importante como para ella? ¿No estaría utilizándola, riéndose de ella, vengándose por los viejos tiempos?

Aquellas ideas le parecían absurdas y de mal gusto, pero no podía descartarlas al cien por cien y eso... le daba miedo.

Después de lo vivido ese mes de abril no sabía

Difícil perdón

cómo podría volver a la normalidad, como podría —en caso de que aquello saliese mal— soportar una separación.

Ahora que había descubierto cuánto le amaba no podía renunciar a él, pero tampoco estaba dispuesta a ser solo un juguete... Le quería y no pensaba compartirle con otra mujer.

Por eso, su falta de explicaciones la ponía nerviosa; necesitaba que él se sincerase, la tranquilizase, le dijese lo que necesitaba oír: que la amaba y que se casaría con ella; que aquello que habían iniciado solo era el principio y que pasarían juntos el resto de su vida.

No podía permitir que de ninguna manera siguiera adelante con su compromiso matrimonial; tenía que resolver esa cuestión ya y eliminar los celos que la hacían sentirse como una estúpida, esperando que él le arrojase unas migajas. No podía regresar a Charleston hasta que solucionase esas dudas y esperaba tener el tiempo suficiente para conseguirlo.

A la vuelta de Adam en una de las ocasiones en que se ausentó dos días, Margaux se armó de valor y cogió el toro por los cuernos. Regresaban juntos a caballo, en la misma montura; él llevaba las riendas con una mano y con la otra la sujetaba mientras dejaba que ella apoyara la cabeza en su hombro. El viento azotaba su cabello suelto y cegaba al hombre, que continuamente retiraba las hebras de su cara.

El paseo fue largo y ambos disfrutaron del atardecer; visitaron el molino, se acercaron a la plantación vecina que había sido adquirida por un nuevo propietario, llegaron al embarcadero en el que hacían parada los vapores de pasajeros y retornaron hacia la casa. Al llegar a las cuadras, desmontaron.

Ya en el suelo, a oscuras, sabiendo que no habría nadie por los alrededores y que los obreros andaban lejos en los barracones cenando, Adam la arrastró al pajar y allí mismo le hizo el amor.

Cada vez eran más audaces y alocados, cada vez guardaban menos la compostura y cada vez gustaban más de la sensación de libertad e incluso de peligro de amarse en los sitios más inusuales. Estando encima de él, Margaux se sacó el pequeño cuchillo que llevaba siempre en las botas y se lo puso en el cuello.

—Bien... Desembucha... ¿Has podido ver a Camyl? ¿Le has dicho ya que rompes el compromiso?—le preguntó ella sin rodeos, riéndose e intentando parecer divertida, pero nerviosa.

Él intentó zafarse.

—No... bien sabes que me ha sido imposible

Difícil perdón

poder hablar con ella en el poco tiempo que he tenido. He ido estrictamente a firmar unos papeles a la notaría y a reunirme con Luc Branes, un colega, y aquí estoy. Tal y como te había prometido, he volado. Ni tiempo he tenido de pasar por casa —dijo y le retiró el arma; eso era jugar con fuego.

Ella se levantó dejando ver sus piernas desnudas y se sacudió la melena llena de paja. Mirándole fijamente siguió con el tema mientras Adam se metía la camisa en los pantalones y recogía su sombrero.

—¿Cuándo vas a hacerlo? Tienes que decírselo cuanto antes —insistió Margaux, y en su voz ya no había ni asomo de diversión—. No debes dejar que continúe ilusionada preparando el enlace para después tener que deshacerlo todo; bastante dura será la noticia para añadirle esa vergüenza —dijo muy seria, intentando captar en él algún gesto, alguna señal de que estaba de acuerdo...

Pero él no movió ni un músculo.

—Lo haré cuando pueda... ¿o prefieres que vaya ahora mismo?— dijo él de malhumor saliendo de las cuadras.

—Claro que no... ya habrá tiempo —contestó ella, intentando quitarle hierro al asunto.

Sin embargo, la entrada a la casa fue más silenciosa de lo habitual; a diferencia de otras ocasiones, no sonaron las risas cómplices ni hubo suspiros románticos.

Margaux estuvo tentada de pedirle a Adam que se olvidara del asunto, que disfrutaran del poco tiempo que les quedaba y después ya verían... pero no pudo.

Según pasaban los días y él no le daba una respuesta clara, se fue enfadando. Su relación inevitablemente se enfrió; Margaux no comprendía por qué él no intentaba calmar las cosas, poner fin a su primera pelea como enamorados, sino que lejos de eso, parecía ir distanciándose de ella.

Molly, preocupada, decidió intervenir. A cada comida les añadía un poquito de su pócima de amor esperando que hiciera efecto, pero los días pasaban y los niños —como a la vieja cocinera les gustaba llamarles— no parecían muy felices.

Adam empezaba a sentirse acorralado, pero ella estaba decidida a saber qué iba a ser de su relación, qué futuro les esperaba.

Terminaba el mes cuando Margaux recibió comunicado de Madeleine; su padre y su hermana habían vuelto la noche anterior. Sin que él se hubiese sincerado, los dos abandonaron Fôret Rouge y Margaux lo hizo con el terrible presentimiento de que tal vez aquellos hubieran sido sus últimos días juntos.

Difícil perdón

Temía que él se hubiese aburrido de ella, que lejos de amarla solo la hubiese deshonrado para divertirse mientras ella quedaba completamente atrapada.

Deprimida, abandonó la plantación sin decir una palabra al hombre que, también en silencio, la acompañó en la barca de regreso a Charleston.

TERCERA PARTE

Capítulo 11

Se asomó tras las cortinas y vio el carruaje en la puerta.

Un mozo cargaba el equipaje y en el cuarto de al lado, el que hasta ahora había ocupado su prima, había revuelo; un ir y venir y lloriqueos de su tía. Margaux escuchó la llamada en su puerta, pero guardó silencio. Instantes después, sin que ella hubiese permitido el acceso, entraba hecha una furia su hermana.

—¡Puede saberse qué te ocurre! ¿Crees acaso que no me he dado cuenta? Desde que llegaste estás insufrible y estoy segura que la repentina marcha de Madeleine es por tu culpa. Ve ahora mismo a pedirle perdón y no pagues con ella o con nosotras tus frustraciones —le soltó Hortense.

—Si quiere irse, que se vaya —contestó Margaux, aunque en ese instante se sentía realmente arrepentida.

Estaba muy tensa desde su pelea con Adam en la plantación y la carta recibida esa mañana había sido la puntilla. Si en los días previos había estado inquieta, de malhumor, fría y distante con su familia, desde esa mañana estaba inaguantable.

Margaux escuchó el portazo que dio su hermana y en un instante de lucidez decidió ir a hablar con Madeleine. Llamó a su puerta y esta la invitó a entrar. Frente a frente, las dos mujeres se miraron en silencio.

Madeleine se dio la vuelta y continuó cerrando sus maletas sin hacer comentario alguno. Finalmente su prima comprendió que tenía que decir algo si quería retenerla.

—Perdona —dijo en voz baja, pero la otra continuó como si tal cosa—. Perdona, perdona, perdona... —repitió en un tono más alto y con voz suplicante—. Perdona. No te vayas. Si no lo haces por mí, hazlo por tía Marion y Hortense; espérate al menos hasta la boda.

—Hortense no me necesita y a tía Marion se le

Difícil perdón

pasará. Siempre fue muy llorona —dijo la otra secamente.

—Está bien... hazlo por mí. Yo sí te necesito.

—No lo creo. Desde que te fuiste a la plantación no he sabido apenas nada de ti. Me dejaste aquí sola, recibiendo a visitas que no conocía, teniendo que ser yo quien les informara sobre tu padre, sin que hicieses acto de presencia excepto en una ocasión... —le recriminó—. Supuse que estarías muy ocupada con las tierras, pero creo que me debes una explicación. No sé qué pasó allí, no sé por qué has vuelto... como has vuelto. Lo que sé es que algo grave ha pasado y me lo estás ocultando. Si no confías en mí, me iré. Hortense y la tía no me necesitan.

—Está bien —se rindió Margaux y sus ojos comenzaron a llenarse de lágrimas. Eran lágrimas de impotencia, de rabia—. Me he enamorado de Adam Tilman —dijo, y su voz sonó a derrota.

—Eso no es tan grave... hay cosas peores —contestó su prima interesada esa vez. Las dos se sentaron en la cama y Madeleine invitó a la otra a seguir hablando, a sincerarse.

—Nunca creí que se pudiese ser tan feliz; nunca imaginé que precisamente Adam Tilman, de entre todos los hombres del mundo, pudiera hacerme tan feliz... Le amo... o mejor dicho: le amaba.

—¿Pero que te hizo? ¿Te sedujo? —le preguntó su prima preocupada.

—No sé si me sedujo o yo me dejé seducir o le induje a que me sedujera... Desde que le vi en su oficina el día que fui a pedirle el préstamo mi corazón suspiraba por que me besara... Quería que él recordase lo que antaño sintió por mí... y cuando por fin lo hizo... me entregué a él.

—¿Cuando dices *entregarte*... estás diciendo lo que creo que estás diciendo? —preguntó la otra alarmada.

—Sí —contestó Margaux, y se calló—. Creí que me amaba; que yo era para él tan importante como él lo era para mí... Todos estos días hemos vivido como si fuéramos una pareja en la finca. Creí que rompería su compromiso y me pediría en matrimonio y...

—Y no lo ha hecho... —la atajó su prima—. Ha vuelto con su prometida y te ha dejado como si nada hubiese ocurrido —adivinó, cada vez más furiosa.

—Más o menos —contestó Margaux—. Yo le pedí que rompiera ese compromiso y le animé a que diera un paso más en nuestra relación, pero él solo ponía excusas. Cuando volví, la situación entre nosotros era muy tensa y eso me decepcionó. Creí que es-

Difícil perdón

taba tan ilusionado como yo con lo nuestro... pero a la vista está que para él solo fue una aventura. Y lo que es peor: temo que en realidad todo fuera una venganza; que no tuviera otro objetivo que hacerme daño.

—No digas eso. No creo que haya nadie que se pase diez o doce años planeando una venganza como esa... Es absurdo. Simplemente, se lo pusiste en bandeja y, como hombre que es, cogió lo que le dabas sin importarle nada más, sin pararse a pensar en las ilusiones que tú pudieras haberte hecho o en cómo podía arruinar tu vida. Posiblemente no haya estado jamás en su intención dejar a la rentable hija del constructor para irse con una sureña arruinada que además en su infancia le hizo la puñeta. ¡Desgraciado...! ¿No has ido a verle? ¿No le has pedido una explicación? Al menos, que sepa lo enfadada que estás.

—Al principio, solo estaba furiosa; no podía pensar con claridad, solo sentir un odio aquí —dijo agarrándose la pechera del vestido—. Luego pensé que debía verle, decirle lo que pensaba de él... saber exactamente si lo nuestro había terminado definitivamente, si iba a casarse con su novia o estaba pensándoselo. Iba a ir a verle, pero no ha hecho falta: él me ha dejado todo bien claro —comentó Margaux, y sacó un papel de la faltriquera de su falda

Era una carta; Madeleine desdobló el escrito y lo leyó con avidez. Poco a poco el color le fue subiendo a la cara y se puso tan furiosa como si hubiera sido ella misma la ultrajada.

Según avanzaba, de renglón en renglón, iba maldiciendo por lo bajo. Él daba por concluida su relación en términos que más que pasionales parecían de negocios y exhortaba a su prima a que se olvidase de lo vivido esas semanas en la plantación. Había sido todo una equivocación y no pensaba renunciar a su matrimonio concertado con la señorita Clapton; sería un escándalo. Esperaba no haberla hecho daño y que recordara aquello sin pena y bla, bla, bla...

—Canalla... Desgraciado... Olvídate de él... Espero que esas lágrimas que has vertido antes no sean de pena por este tipo... No lo merece —le dijo a su prima.

Margaux se levantó de la cama y, arrimándose a la ventana, se calmó dejando perder la mirada en el cielo que se iba oscureciendo.

Las primeras luces de Charleston se encendían y la oscuridad impedía ver el mar; solo las luces de algunos barcos en el puerto producían destellos en la lejanía.

Difícil perdón

Ahora que había hablado con su prima se sentía mejor. Había hecho bien en sincerarse con alguien; no podía soportar tener que callar lo que llevaba dentro, no poder discutir y tratar el asunto con nadie y la cuestión era demasiado delicada para hablarla con cualquiera.

—Perdona el malhumor de todos estos días, mi comportamiento estúpido, las tonterías y las malas contestaciones que te he dado esta mañana; no me lo tengas en cuenta —le volvió a decir, y después siguió—: No he llorada de pena... aún, pero tarde o temprano lo haré. Le amo.

—¡No digas eso! Te lo prohíbo. No seas idiota. Olvídate de ese tipo. Recoge cuanto antes esa cosecha y págale lo que le debes. Mientras tanto, intenta mantenerte lo más lejos posible de él.

—¿Cómo ha podido engañarme así? —se lamentó Margaux furiosa—. ¿Cómo he sido tan ingenua? Debí suponer que un sinvergüenza como Adam Tilman no cambiaría jamás, que no podría convertirse de la noche a la mañana en un caballero... Lo peor es que durante los días que estuvimos juntos nunca sentí que fingiera; creí que me amaba locamente, que era sincero...

»Esto demuestra que no sé nada del amor, que soy una maldita estúpida y que tienen razón todas esas brujas —dijo señalando con la mano el exterior, refiriéndose a las matronas de la ciudad que tanto la habían criticado— que me acusan de ser una chiflada.

—No es verdad. Cualquiera puede ser víctima de un engaño. No serás la primera ni la última mujer engañada. Todo depende de la vileza del caballero y este parece que lo es y mucho. Es un grandísimo farsante, eso es lo que es —aseveró la otra.

—Siento que necesito llorar, que necesito liberar mi corazón de la presión que me ahoga... pero no puedo. No he conseguido soltar una lágrima, solo sentir un vacío y una furia inmensa. Cuando se me pase el enfado, cuando él se case y desaparezca de verdad de mi vida, la tristeza se apoderará de todo y yo sabré que no podré volver a ser feliz jamás; entonces, lloraré.

—¡No digas eso! Claro que podrás volver a ser feliz, encontrarás al hombre que te quiera y que te consuele; sacarás adelante la plantación y te olvidarás de Adam Tilman. Y ahora... —dijo acercándose a ella— bajaremos al comedor, le diré al mozo que vuelva a meter las maletas en la casa y me quedaré aquí hasta que vea que estás mejor. Esta noche iba a venir a cenar Edmund y no debemos darle más preocupaciones a Hortense. Ella también está angustiada;

Difícil perdón

es evidente que el tratamiento de tu padre no ha surtido efecto y, aunque está mejor (ayer incluso salió un ratito en coche con la tía) sigue sin estar en este mundo.

—Lo sé, ¿crees que no me he dado cuenta? Esta mañana me confundió con mi madre. Parece que después de gastarnos tanto dinero en médicos... todo ha sido inútil —se lamentó.

Esa noche la cena transcurrió con tranquilidad y tía Marion, más calmada, habló sin parar.

Hortense agradeció a su hermana que se reconciliase con su prima e incluso se animó a enseñarles el diseño de su traje de novia que madame Guillot le había preparado.

La rutina volvió a casa de los Lemoine y durante las siguientes semanas Margaux pareció ir recuperando la serenidad.

Finalizaba mayo cuando Hortense les habló del baile que organizaría en casa, como mandaba la tradición, previo a la boda.

El arruinado sur no había olvidado sus costumbres y se las apañaba para seguir celebrando sus ceremonias, aunque fuera de la manera más económica posible. En casa de los Gobiux incluso habían llegado a servir —en rayadas copas de cristal— sifón en vez de champagne. Habían sustituido los ricos capones de antaño por famélicos pollos y en vez de cestas de azúcar con violetas heladas habían degustado pobres e insulsos postres.

Como la pobreza era general, no era mal vista y todos habían disfrutado de la fiesta como si se hubiese tratado de la más espectacular y derrochadora ceremonia de antaño.

Hortense, ajena a la situación real de agobio económico de su hermana, planeaba una fiesta, aunque solo pudieran sacar la vajilla superviviente de los bombardeos, los cubiertos de alpaca —los de plata los habían empeñado— y los trajes con olor a rancio de antes de la guerra.

A Margaux le parecía una locura, pero no tuvo ánimos para quitarle ese sueño de la cabeza. ¡Se la veía tan feliz! ¡Ojalá hubiera podido celebrar ella así una boda con Adam!

Como si aquel pensamiento hubiese atraído el nombre del hombre a la conversación, Hortense, desconocedora de la aventura de su hermana con Adam, le tendió la prensa y la animó a que echara un vistazo.

—Parece que no soy la única que me casaré en breve... claro que Adam tiene menos problemas econó-

Difícil perdón

micos para organizar los preparativos —le dijo riéndose.

Margaux cogió deprisa el boletín y lo leyó con avidez; la noticia hablaba de otra fiesta celebrada por todo lo alto en el casino recién reconstruido.

Adam se casaría con Camyl Clapton en octubre.

Margaux sintió hundirse el mundo bajo sus pies.

Capítulo 12

—¡Has vuelto a tiempo! —le dijo Hortense a su hermana después de que esta hubiese regresado esa mañana desde la plantación. Lo había hecho a pesar de encontrarse fatal; le había prometido a su hermana que estaría presente en la primera prueba del vestido y no había querido fallarle—. ¿Estás bien? Te veo muy pálida —le dijo Hortense.

—No... no es nada, la paliza del viaje... Hace ya mucho calor —comentó la otra. No quería preocuparla, pero últimamente no se sentía muy bien.

Después de refrescarse y cambiarse de vestido, las tres mujeres acudieron a visitar a la modista. Hortense se probó el hermoso vestido blanco de seda, que tanto dinero les iba a costar, y sus acompañantes aplaudieron.

—¡Estás preciosa, Hortense! —le reconoció Madeleine mientras Margaux simplemente se ponía a llorar. Aquello no era propio de ella y alarmó a las otras dos.

Mientras su hermana la interrogaba sin parar, su prima echó la culpa al traje; le recordaría su frustrada boda con Legrand o su fracaso sentimental con Adam; Madeleine trató de consolarla desviando las preguntas de Hortense y pidiendo a las doncellas del taller de costura de madame Guillot que les ofreciesen un café. Un rato después, con Margaux ya recuperada, las tres se dirigieron al mercado. Esa noche cenarían en casa Edmund y su madre, viuda desde hacía doce años, y Hortense quería ofrecerles algo especial. Las tres se entretuvieron mirando el pescado recién capturado que se acumulaba en cajones y los cubos con el marisco; había cangrejos, langostas y ostras, aunque a precios altísimos. Ya por la tarde, Sophie, ayudada por Clementine, comenzó a preparar el menú; toda la casa olía maravillosamente bien.

Desanimada y aburrida, Margaux se encerró en la biblioteca. Recostada en el viejo sillón de cuero de su padre, escuchó de fondo el trajín de la casa y el piano. A Madeleine le gustaba tocar y de vez en cuando

Difícil perdón

abría la tapa, se sentaba en el viejo taburete y les deleitaba a todos con sus ágiles manos. Con un libro sobre el cultivo del arroz en su regazo, sintió que se le cerraban los ojos, que la invadía un pesado sopor. Llevaba días con una terrible sensación de cansancio, de sueño... Si seguía así tendría que visitar al doctor, pero quería esperar un poco a ver si se recuperaba; no les sobraba el dinero. Seguramente, se dijo para no alarmarse, aquellos síntomas se deberían al agotamiento, a la tensión de los últimos meses.

En ello andaba pensando cuando sonó la puerta de la calle y escuchó a su mayordomo acudir a abrir. Hortense y tía Marion estaban en el vestíbulo recibiendo a Edmund y a su madre, la señora Bonnet. Los invitados pasaron al salón y Lisa Bonnet pidió a Madeleine que siguiera tocando: aquellas viejas y queridas melodías le recordaban los buenos tiempos. Mientras Hortense y Edmund reían y cuchicheaban como dos enamorados junto al piano, las dos mujeres mayores se entretuvieron un rato hablando de sus cosas: del entierro de Jean Fauchaux, de la detención de dos jóvenes por soldados yanquis acusados de robar en un almacén del puerto, del clima caluroso, del abandono de Nicole Granier por su marido... Margaux oía el murmullo desde la biblioteca situada frente al salón y supo lo aburrida que seguramente sería la velada, pero consciente de que sería de mala educación no aparecer, se armó de valor, dejó el libro en el estante y se unió grupo. La señora Bonnet le dio dos besos y le pellizcó las mejillas.

—Estás pálida... necesitas algo más de carmín. Mañana te traerá Edmund un poco del mío. Se lo compro a la señora Watkins y es de una excelente calidad para los tiempos que corren.

Margaux le agradeció el detalle y como anfitriona les pidió a todos que se sentasen en las sillas. Clementine, la doncella, comenzaba a servir los platos que tanto tiempo había llevado preparar a Sophie. Las coles hervidas con mantequilla, la sopa de crustáceos, el pavo relleno... aquella sencilla cena —en tiempos de su madre habían llegado a servirse hasta doce platos variados una misma noche— había resultado costosísima y las cantidades se habían pesado al gramo para que no sobrara nada. Al menos el café y el brandy lo habían llevado los Bonnet. La cena transcurrió insustancial hasta que hacia el final, mientras tía Marion y Lisa Bonnet se retiraban a jugar una manita de *whist*, y Madeleine y Hortense se entretenían confeccionando las tarjetas de invitación a la boda, Edmund la llevó a un aparte.

—¿Estás bien? ¿No estás abusando del trabajo? —le preguntó su futuro cuñado.

Difícil perdón

—No, tranquilo, estoy bien... solo un poco cansada con tanto ajetreo, pero la plantación va bien y espero poder vender cuanto antes, así po...

—De eso quiero hablarte —la interrumpió él de forma misteriosa—. He tenido conocimiento de que este año podría darse un exceso de arroz en el mercado y los precios podrían caer. ¿Tú sabías algo?

—No —contestó Margaux, y se le hizo un nudo en el estómago. No quería ni pensar qué podría suceder si eso era cierto. No podría devolver el crédito a Adam y este podría quedarse con...

—No te alarmes antes de tiempo —dijo Edmund interrumpiendo sus pensamientos—. Sabes que tengo buenos contactos en el otro lado —dijo refiriéndose a los empresarios yanquis con los que trataba— e intentaré confirmarlo. Tal vez sea solo un rumor y...

—Pero ¿y si es cierto? Edmund, si es cierto, yo... podríamos terminar de arruinarnos.

—Veamos qué pasa y qué soluciones podríamos encontrar para tal eventualidad —contestó él.

Margaux no se marchó a Fôret Rouge los días siguientes tal y como tenía previsto; primero porque no terminaba de recuperarse a pesar de que se quedaba en la cama hasta bien entrada la mañana; debía de estar incubando algo, tal y como tía Marion la decía. Además, estaba a la espera de que Edmund averiguase algo más sobre el tema del arroz. Mientras Madeleine acompañaba a Hortense a la iglesia para realizar las gestiones de la ceremonia, ella, con la excusa de quedarse cuidando a su padre, intentaba tranquilizarse a escondidas. Un negro pensamiento no dejaba de rondarle por la cabeza: ¿la habría engañado Adam con la plantación de arroz para arruinarla a propósito? ¿Estaría buscando el que no pudiese devolverle el crédito para quedarse con sus tierras? ¿Habría tramado una venganza tan terrible como aquella solo para devolverle el daño que ella le causara años atrás? La razón le decía que aquello era demasiado rebuscado, que Adam no podía ser tan mezquino y que todo debía tener una explicación, pero la llama de la sospecha había prendido en su corazón y nada de lo que iba averiguando Edmund esos días lograba tranquilizarla. Una semana después de su primera conversación, el joven tuvo que sincerarse con ella.

—Vamos, Edmund, suéltalo —le dijo ella sin contemplaciones una tarde en que los dos, en ausencia de los demás que habían salido, trataron tan delicado tema.

—Lamento decirte que lo que nos temíamos es verdad. No había querido confirmarte nada antes esperando un milagro, pero he hablado con varios de mis contactos y parece claro que el precio del arroz

Difícil perdón

caerá mucho este año. A todos los plantadores parece que les ha dado por...

—¡No es que les haya dado por lo mismo! —le interrumpió ella furiosa—. Es que los prestamistas concedían los créditos con requisitos muy exigentes y animaban, empujaban —se corrigió—, a plantar arroz. Seguramente sabían que si conseguían engañar a unos cuantos estúpidos sureños, terminarían por arruinarles del todo y robarles sus tierras... ¡Ese canalla de Adam Tilman me las va a pagar! —gritó colérica y, rabiosa, se sentó en el sillón en medio de un revuelo de faldas.

—No desesperemos... Seamos inteligentes —le pidió Edmund intentando tranquilizarla—. Tal vez podamos venderlo en otros destinos.

Margaux se sintió esperanzada al escucharle. El joven se sentía ya plenamente de la familia y velaba por sus intereses como si fuera los suyos propios. Eso hacía que ella se sintiese menos sola.

—Haremos una cosa —continuó—: Tú sigue encargándote de que la cosecha vaya viento en popa y yo investigaré a qué mercados podemos acudir para vender el excedente. Si los precios caen, habría que hacerlo deprisa, antes de que los demás afectados se den cuenta y traten de buscar desesperadamente una salida. Si somos de los primeros en colocar nuestro producto, podremos salvar la temporada y el año que viene plantar otra cosa.

Margaux le agradeció enormemente su ayuda, aunque su corazón no se quedó tranquilo. La idea le parecía perfecta, pero ella no guardaría silencio total. Ardía de cólera y necesitaba encararse con Adam. No le descubriría sus planes, pero al menos le demostraría que no era ninguna estúpida y que no le sería tan fácil arrebatarle sus propiedades.

Cuando Edmund se marchó, y antes de que su furia se hubiese aplacado, Margaux salió de casa y pidió al cochero que la acercara hasta las oficinas en la calle King. Llegó allí, subió las escaleras con el conserje pisándole los talones y pidiéndole que esperara su turno abajo y, sin llamar, abrió la puerta del despacho de golpe. Adam Tilman estaba reunido con dos tipos, pero al verla aparecer, sorprendido, les rogó a estos que salieran. Una vez se marcharon los dos individuos, Margaux entró en su despacho y cerró de un portazo.

—¡Eres un maldito especulador, un ser mezquino y un canalla! Y si crees que te saldrás con la tuya, que podrás quitarme mis tierras... es que no me conoces.

—No sé de qué me estás hablando —le espetó él fríamente—. Debe de haber algún equívoco, pero, por

Difícil perdón

favor, siéntate y tratemos esto como personas adultas, como dos viejos amigos.

—No somos amigos y no hay ningún equívoco... Fui una estúpida y creí que realmente te habías convertido en un caballero, pero eres el mismo patán de siempre y eso ninguna tía Maud ni ningún millón de dólares podrá cambiarlo. ¡¿Y tú criticabas a Legrand?! Jacques —dijo sabiendo que aquello le dolería— siempre fue mucho más hombre y más caballero que tú y siempre...

—Si tanto te gustaba ese Jacques no sé por qué no te casaste con él... ¡O sí! Ah, ya recuerdo: era tan caballeroso que te dejó, seguramente por una mujer más rica y más joven que tú.

—¡Eso es mentira! —dijo ella abofeteándole—, pero lo que pasó entre nosotros es algo que ni a ti ni a nadie le importa... Fôret Rouge jamás será tuyo... antes se lo regalo a cualquiera —le amenazó, marchándose hecha un basilisco, sin darle tiempo a que contestara o explicara nada.

Adam Tilman la vio salir desde su ventana y sintió un terrible pinchazo en el corazón. Margaux no se había dado cuenta de lo cambiado que estaba; ya no parecía el hombre seguro de sí mismo y arrogante de dos meses atrás, sino su sombra. Estaba demacrado y ojeroso, y se le veía infeliz y preocupado.

No sabía la señorita Lemoine cuánto estaba sufriendo él con la ruptura ni cuánto se había dejado en el camino para cumplir una vieja promesa. Había querido hacerle daño a ella y casi se había destruido a sí mismo. Desde su separación sentía que no tenía nada por lo que vivir, que había dejado pasar la gran oportunidad de su vida de ser feliz.

Durante semanas había vivido en la disyuntiva de seguir adelante con sus proyectos o sincerarse y reconocer que lo único que quería en la vida, lo único que necesitaba, era tenerla a ella. Podría volver y pedirle perdón; ella se resistiría, tal vez se hiciera la dura o le castigara un tiempo, pero tarde o temprano le perdonaría porque le amaba. ¡Le amaba!, se repitió y su corazón se estremeció. Saber que ella por fin le amaba y que él no podría disfrutar de ese amor por el que había suspirado toda su vida le parecía una broma cruel. Pero por otra parte necesitaba terminar lo que había empezado hacía tanto tiempo; aquella idea de venganza le había mantenido en pie en sus años difíciles y era algo que se debía a sí mismo.

Finalmente, su cabeza le había ordenado fríamente seguir adelante, pero, ante la desesperación de su corazón, su único refugio había sido el brandy. Había creído que una vez tomada una decisión, por muy dura que esta le resultase, terminaría por hacer-

Difícil perdón

se a la idea, pero según pasaban los días y las semanas se encontraba peor.

El hombre al que todo Charleston felicitaba por sus últimas operaciones financieras y por su boda inminente se sentía más vacío y derrotado que nunca; mucho más que cuando siendo un chaval había tenido que abandonar el Sur por las acusaciones de una chiquilla malcriada; entonces había tenido la razón de su parte y el coraje de no dejarse amilanar por una injusticia. Ahora, el injusto había sido él y también el principal perjudicado. Agotado, pidió a su secretario que despidiera a los dos tipos con los que había suspendido la reunión y les citara para otra ocasión.

De un humor de perros abrió el cajón y sacó su petaca. Con los pies apoyados en la mesa, dio un trago y se dejó adormecer por el sonido de la calle.

Varias horas después era su mano derecha quien le sacaba por los hombros del despacho, borracho como una cuba. Era la tercera vez en un mes y aquello preocupó seriamente a James Randall. Iba a tener que hablar con él.

Capítulo 13

—Vete con ella; no te preocupes por mí; tía Marion y la madre de Edmund me ayudarán con todos los preparativos —le pidió Hortense a su prima.

Madeleine había avisado de su intención de acompañar a Margaux al campo; esta seguía sin recuperar la salud y toda la familia estaba preocupada. A eso había que añadirle el disgusto general tras conocer que se esperaban precios por los suelos para el arroz y la noticia del enfrentamiento que Margaux había tenido con Adam. Hortense se sentía en parte culpable por haberla animado a que acudiera a él y a que tuviera en cuenta sus consejos. Margaux no se lo había recriminado, pero ello no había impedido que su hermana se sintiese fatal. Edmund les había puesto en antecedentes sobre los problemas económicos que tendrían que afrontar y la familia entera comprendió entonces la necesidad de que Margaux se trasladara a la plantación y tomara las riendas personalmente; en una situación tan delicada como esa no podía delegar su responsabilidad en un capataz.

La llegada a Fôret Rouge resultó triste. Molly se había ausentado porque su hija Lili estaba gravemente enferma y en su lugar se había quedado otra de las veteranas de la plantación, de las pocas que seguían con la familia Lemoine desde antes de la guerra. Lena era más joven, pero también más despegada y silenciosa; la relación con ella era mucho menos entrañable que con Molly y Margaux la echaba mucho de menos. De todas formas los días pasaban deprisa enfangadas como estaban todas con el trabajo que había en la finca.

Las dos primas estaban enfrascadas en sus tareas mientras esperaban que Edmund se acercara pronto por allí porque eso significaría que había encontrado un comprador. Harían lo que fuera necesario con tal de vender la cosecha, pero Madeleine había estado echando cuentas y los números no le salían. Sería casi imposible devolver todo el préstamo en tan poco tiempo y la situación se le antojaba harto complica-

Difícil perdón

da. A Margaux no le había querido decir nada debido a su frágil salud, pero sabía que tarde o temprano se lo tendría que comunicar. ¡Ojalá Edmund tuviera suerte!

—Siéntate; debes descansar y cuidarte más. Deberíamos llamar al médico.

—Aún no; esperemos un poco más. Sigo estando agotada, pero me encuentro mejor —le dijo Margaux a su prima.

—Si es por el dinero... yo tengo algo ahorrado. Podemos ir tirando de ello hasta que haga falta.

—No es por el dinero, tranquilízate —le insistió Margaux—. Esta tarde podríamos acercarnos a Los Álamos —dijo refiriéndose a la plantación vecina que hacía poco había comprado un antiguo amigo de su padre, Louis Brissond, y en la que ya había estado con Adam. El dueño era conocido y un as para los negocios. Margaux deseaba oír sus consejos.

Brissond había tenido siempre instinto empresarial; era un superviviente. Durante la guerra había perdido como tantos otros sus tierras, calcinadas por los yanquis, pero había sido listo y había conseguido poner a salvo buena parte de su fortuna en bancos de Inglaterra. Ahora había regresado como plantador después de años en el extranjero y como no había podido recuperar su propiedad había adquirido la de los Faure, vecinos de siempre de los Lemoine. De estos ya solo quedaban una hija solterona que vivía en un convento y otra viuda sin hijos que no habían querido saber nada de su antigua propiedad.

Brissond se la había comprado por un precio irrisorio porque las Faure necesitaban el dinero urgentemente; durante años las dos mujeres habían vivido en la precariedad, pero sintiéndose muy dignas: se habían negado a venderle las tierras a ningún yanqui a sabiendas de que no quedaban muchos sureños que pudiesen ofrecerles, ni de lejos, lo que aquellas tierras valían. Otros lo habían intentado sin éxito, pero Brissond había sabido ganárselas, convencerlas de que aquella herencia no podría estar en mejores manos que las suyas; Adele Faure había quedado encantada y había terminado dando el visto bueno.

Margaux conocía de antiguo al personaje; Brissond pasaba de los cincuenta, pero seguía siendo un hombre atractivo; siempre había tenido éxito con las mujeres. Viudo desde hacía años, tenía tres hijos varones, dos de los cuales habían muerto en la guerra y el tercero debía de seguir en Europa.

Margaux recordó algunas de las anécdotas que de joven había oído contar a sus padres en la mesa sobre lo mucho que le gustaban a Brissond las jovencitas, el dineral que se gastaba en una amante mulata

Difícil perdón

que tenía en la ciudad o la buena mano que tenía para las cartas; como tantos otros caballeros del Sur era dado al juego, pero, a diferencia de alguno como su exprometido, Jacques, siempre sabía cuándo retirarse de la mesa.

—¡Mi querida niña! —le dijo zalamero el hombre a Margaux cuando la vio llegar—. Hace tiempo que no la veía, desde que estuvo con su... —y se calló sin saber cómo referirse a Adam—. Espero que esté bien. —Terminó besándole la mano cortésmente y dirigiéndose hacia Madeleine, a quien Margaux estaba presentando.

El caballero atendió a sus jóvenes visitas y las invitó a cenar.

—No me lo desprecien... así podremos tomarnos el tiempo necesario para que les enseñe todo el trabajo que ya he realizado en apenas tres meses.

El hombre había derribado completamente los restos de la casa señorial, tan ruinosa como la de los Lemoine, y había comenzado a construir una nueva. También había roturado tierras y había empezado a sembrar. Así supo Margaux que él sí había planificado varios cultivos para diversificar riesgos.

Las dos primas se miraron sintiéndose culpables por no haber hecho lo mismo; Margaux porque debería haber seguido su instinto y no haber confiado en nadie para decidir algo que solo le correspondía a ella y Madeleine por haberse dejado engatusar. La cena resultó deliciosa y, el tiempo, agradable. Estaban ya en junio y, aunque hacía calor, la ligera brisa de aquel día hacía más llevadera la temperatura.

La cena derivó en tertulia y los tres disfrutaron de un buen café y un buen helado. A Madeleine se le nublaron los ojos de lágrimas. ¡Hacía tanto que no saboreaba algo tan delicioso! Y el hombre sonrió más orgulloso que un pavo real. Pero si las jóvenes estaban atentas a sus comentarios, no lo estuvo menos él a los de ellas; Brissond también quería saber cómo les iba a los Lemoine y así pudo sonsacarles los problemas económicos en que se encontraban.

—Tal vez sea precipitado... y desde luego debería echar mis cuentas —les dijo poco antes de despedirse—, pero si necesitan ayuda, yo podría prestarles para pagar esa deuda... Es más —dijo mirando a Margaux a través del humo de un cigarro—: le propongo, mademoiselle Lemoine, comprarle una parte de sus tierras. Desde mi plantación hasta el molino... Son buenas hectáreas y es difícil que usted pueda explotarlas sin ayuda. No le rendirán nada y no le servirán para nada. Véndamelas y pague con ello sus deudas... ¿qué le parece? —le preguntó de sopetón.

Difícil perdón

—Yo... Bueno... No me gustaría tener que vender las tierras de mi familia; fue una promesa que hace tiempo le hice a mi padre y a mí misma... Sería lo último... lo siento —le contestó la joven mientras su prima la atravesaba con una mirada de disconformidad.

Poco después las dos abandonaban la casa de su vecino y regresaban a casa en un carro tirado por un caballo lustroso color canela.

—¡¿Te has vuelto loca?! Ese hombre te acaba de dar la solución a tus problemas: vendes un trozo y saldas la deuda. ¡Solo es una parte y no demasiado grande!

—Mi padre se moriría si lo supiera... ¡Se lo prometí! Le dije que no vendería.

—Si se lo prometiste, te equivocaste; y además, tu padre no está en condiciones de saber lo que harás. Seguro que si estuviera en su sano juicio aprobaría esta decisión. Escúchame —dijo sujetándola del brazo con el que conducía el carro—, es mejor vender una parte que perderla entera. Las cuentas... no me salen. Me pediste que revisara todo el papeleo y, francamente, aun vendiendo la cosecha entera a un precio razonable, no podrás devolverle todo a Adam.

—¡No puede ser! Yo misma me rompí la cabeza cuadrando gastos e ingresos para que se pudiera devolver el préstamo y...

—¡Sí! —la interrumpió su prima—, pero en otras circunstancias. A un plazo mayor de tiempo y vendiendo cada fanega al actual precio de mercado... El problema es que ese precio va a caer estrepitosamente y suerte tendrás si al menos consigues la mitad.

—¿Qué vamos a hacer? —preguntó en ese momento Margaux, y se le llenaron los ojos de lágrimas.

—Vender. Es lo mejor, pero ahora no te preocupes; tómate tu tiempo para asimilarlo.

Durante varios días Margaux Lemoine anduvo como una sonámbula intentando decidir qué hacer. Comprendía que seguir el consejo de Madeleine era lo más sensato, pero era algo a lo que su corazón se negaba.

Diez días después de su llegada, un acontecimiento vino a decidir por ella. La vieja Molly regresó tras haber estado un tiempo fuera y solo con pasar con ella veinticuatro horas le descubrió de dónde procedía su malestar físico.

—¿Crees que esto le sentará bien? —le preguntó esa mañana Madeleine a la vieja al ver el potingue que le había preparado a Margaux para desayunar después de que esta hubiese pasado una mala noche y

Difícil perdón

se hubiese levantado vomitando—. ¿Qué lleva? ¿El doctor Dupin sigue viniendo por aquí?

—¿El doctor Dupin? ¡Por Dios, si murió hace tres años! Claro que no, mi niña, pero *pa* que lo quieren... qué les va a decir un matasanos que no sepa yo que parí a doce hijos...

—¿Qué quiere decir con eso? —Madeleine miró alarmada a la vieja mientras esta removía algo en el puchero. Lena acompañó a Margaux de nuevo a la cama.

—Quiero decir que a la niña no le pasa *na* que no le pase a muchas mujeres: vamos que está *preñá*, pero bien *preñá*... Y anda revuelta; habría que avisar al padre... Eso sí sería de utilidad.

Madeleine se desplomó de golpe en el banco de madera de la cocina.

—¿No se habían *dao* cuenta? Pues si es así, debería comentárselo cuanto antes a la señorita y también al padre —dijo la vieja, entregándole el vaso con el potingue a Madeleine. En su mirada había una advertencia; Madeleine comprendió lo que esperaba de ella y, haciendo un esfuerzo, se levantó. Con el vaso en la mano se dirigió al cuarto de su prima, que recostada en la cama, la esperaba.

—Creo que tendrás que prestarme algo de ese dinero del que me hablaste el otro día y llamar al doctor. Te juro que en cuanto me reponga, te lo devolveré —le dijo mientras Lena le colocaba los almohadones debajo de la espalda.

—No digas tonterías, olvídate ahora del dinero. Tienes... tenemos —rectificó— un serio problema: estás embarazada —le soltó como una bomba y a la otra se le cayó la taza de las manos.

Capítulo 14

—Como ve, he tardado un tiempo en pensármelo, pero al final he aceptado su propuesta.

Louis Brissond miró a la joven con una sonrisa enigmática mientras se retorcía la perilla.

—Lamento haber cambiado de opinión —le contestó, y Margaux emitió un pequeño gruñido de sorpresa—. Ya no contemplo la compra de esa pequeña porción de su propiedad... prefiero todo el terreno. He estudiado su situación y creo que la operación sería muy rentable... para ambos.

—¡Pero eso es imposible! Sabe que no puedo hacerlo... Además, ¿de qué viviríamos nosotros? Lo siento... por favor... no puedo vendérselo todo...

—¿Quién ha hablado de vender o comprar? Usted, si no me equivoco, tiene ya unos añitos... y perdóneme la rudeza. —Al oír aquello, Margaux dio un respingo y se levantó como un resorte del sillón con la cara roja de vergüenza por aquel trato desconsiderado y grosero, pero Brissond siguió hablando ajeno a su reacción—. No se moleste, mademoiselle, no se tome mis palabras como un insulto, pero a la hora de hacer negocios me gusta ser sincero; prefiero que no haya equívocos y menos con lo que voy a proponerle. Le ofrezco mi apellido. Cásese conmigo; usted tendrá un marido, hijos... y podrá olvidarse del trabajo. Yo lo haré por usted; no volverán a tener problemas económicos ni usted ni nadie de su familia. Se lo garantizo.

—¡¿Se ha vuelto loco?! —le espetó Margaux ya en la puerta, acalorada y sorprendida.

—Piénseselo el tiempo que haga falta. Es usted una joven sensata, de buena familia... De no haber sido por la guerra hace tiempo que se habría casado, pero la guerra lo cambió todo; al igual que otras muchas mujeres del Sur está sola; quedan pocos hombres, la mayoría murió en el frente, y yo también estoy solo. No aspiro a ser su príncipe azul ni le pido que me ame. Y a cambio le garantizo seguridad el resto de su vi... —El hombre calló al oír el portazo de ella.

Difícil perdón

Margaux regresó a su plantación nerviosa, completamente descolocada por la oferta y, unos minutos después de entrar por la puerta, le soltó todo a Madeleine. Su prima, que la había animado a aceptar la propuesta inicial de Brissond, se quedó igualmente atónita. Andaban las dos cuchicheando cuando Molly entró con un caldo caliente para su señorita y, oyendo descaradamente la charla, intervino.

—Haría bien en aceptar, mi niña. O eso... o se lo dice al padre de la criatura. —Y tan fresca, salió.

—En eso lleva razón. Deberías informar a Adam de lo que pasa —le insistió su prima.

—Ni loca. Jamás. Nunca sabrá que este hijo —dijo tocándose la barriga— es suyo. Seguiré adelante con mi plan. Ya te lo dije el otro día.

—Pero tu plan es una locura y lo sabes... Puedes contar conmigo para lo que quieras, pero estoy con Molly en que lo más sensato sería avisar al padre y que Adam se case contigo, que todavía estás a tiempo, o abortar. Molly sabe cómo hacerlo con seguridad. No serías ni la primera ni la última; un niño en tu situación te hundirá. Jamás recuperarás tu posición social ni encontrarás marido.

—Ya te he dicho que quiero este niño. No abortaré. Hace tiempo que soñaba con ser madre y, aunque de forma poco ortodoxa, este niño viene a colmar mis deseos. Tendré este hijo, pero no se lo diré a Adam. Él no me quiere, quiere a otra mujer... ¿qué lograría con decírselo? Que se riera más de mí, que me humillara más, que intentara quitarme al niño, que... Es igual. No lo sabrá nunca. Haremos lo que te dije y, si me ayudas —dijo mirándola con ojos de súplica—, todo saldrá bien. Si Edmund consigue vender esto pronto, tú y yo nos marcharemos al oeste en un mes. Allí mi padre tiene un hermano. Me presentaré como viuda, tendré a mi hijo, me recuperaré, y después de un tiempo... volveré. Mi padre y tía Marion pueden quedarse con Hortense.

—Es un plan descabellado. Te descubrirán... terminarán sabiendo que todo es una farsa. En San Francisco serán unos salvajes, pero no son tontos...

—Otra opción sería casarme con Brissond —dijo tras unos minutos, pensativa, pero ante las barbaridades que empezaba a soltar por su boca Madeleine, cambio de tema.

La notificación que llegó de Charleston una semana después no ayudó. Edmund les informaba de que a pesar de sus intensos contactos aún no había encontrado un comprador y los cobros de la compañía de Adam se iban acumulando. Él, de su bolsillo,

Difícil perdón

había pagado ya dos y esperaba que pudiera estar todo resuelto para el mes siguiente, pero la cosa estaba complicada. Esperaba poder hablar con Adam antes y pedirle un aplazamiento de los siguientes pagos.

—No quiero que le pida a ese malnacido nada. ¡Qué se vaya al diablo! —gritó Margaux enfurecida.

—No seas loca... tiene que hacerlo. No puedes obligarle a Edmund a que siga pagando tus facturas. Es un buen tipo, pero eso es pedirle demasiado. No puedes hacer otra cosa.

—¡Ya veremos! —contestó Margaux para disgusto de su prima.

Dos días después ambas discutían acaloradamente. Margaux, en una estúpida huida hacia delante, había tomado una decisión ridícula. Había decidido aceptar la petición de matrimonio de Brissond; después de darle muchas vueltas lo consideraba un mal menor. Madeleine la tachó de loca, de estar tirando su vida por la borda, y ambas se enfrascaron en una pelea.

—¿Es que no lo comprendes? No podrás ser feliz con ese hombre... Si además es un viejo verde.

—¿Sabes cuántas bodas de conveniencia se realizaban antes de la guerra? ¿Y cuántas eran de jovencitas con señores mayores que iban por su segundo o tercer matrimonio? No sería el primer caso ni el último. Es un hombre rico, respetable, que puede sacarme del apuro en el que estoy... Podría ser una boda rápida, así no se me notaría el embarazo. Y respecto a lo de que es viejo... bueno —dijo encogiéndose de hombros—, eso es lo de menos. No es que me encante la perspectiva, pero de esta forma podría seguir viviendo aquí, criar aquí a mi hijo, en mi casa, con mi familia... ¡No tengo muchas más opciones!

—¡No puedo creer que estés diciendo esas barbaridades! Una cosa es que algunos padres insensibles obligasen a sus hijas a casarse por interés con algún caballero mayor y otra es que tú, libremente, escojas ese camino. Una cosa es que elabores un plan descabellado para seguir adelante con este embarazo y otra es que llegues al extremo de casarte con ese hombre... Una cosa es que odies a Adam y, otra, que le ocultes que va a ser padre y que le niegues la posibilidad de que se responsabilice de ello. ¿Acaso has perdido el juicio?

—No lo sé, pero te aseguro que haré todo eso... y tú —dijo señalándola— me ayudarás.

—Si te daba igual cualquier marido podrías haberte quedado con Jacques —le soltó enfadada su prima.

—A ese ni me le nombres. Además, con un poco de suerte enviudaré pronto —dijo y se marchó.

Difícil perdón

Los siguientes días fueron tensos y las intervenciones de Molly no ayudaban. La sirvienta no tenía problema en ponerse del lado de la prima Madeleine y tachar a su niña de majareta.

La presencia de Louis Brissond en la plantación dos tardes después solo sirvió para echar más leña al fuego. Margaux le invitó y Molly preparó una cena íntima para dos. En el porche, frente a la fachada en ruinas de la vieja casa de los Lemoine, Margaux le dio el sí al caballero.

En la cocina, las otras dos despotricaban e insultaban a ambos mientras, fuera, Brissond reía estrepitosamente feliz y Margaux parecía satisfecha. Era muy terca y una vez tomada una decisión haría lo que fuera para alcanzar su objetivo.

—No se arrepentirá. La trataré como a una reina —le oyeron decir al hombre y las otras dos dentro bufaron de rabia.

—Solo espero que antes de la boda me preste el dinero que necesito para cancelar una deuda —le dijo pensando en pagar a Adam cuanto antes. El amor de antes se había transformado en odio y su obsesión por dar carpetazo a cualquier vínculo con él estaba por encima de lo demás.

—¿Y si se entera de que está embarazada de otro? ¿De qué sería capaz ese hombre? —se preguntó en un susurro Madeleine, pero fue la sirvienta quien le contestó.

—De matarla, señorita. Ese tipo es un granuja y no se tomará demasiado bien tal engaño. Debería usted hacer algo.

—¿Pero el qué? Ya has visto que mi prima no me escucha; siempre la tuve por una mujer sensata, pero lo de Adam y el embarazo parecen haberla vuelto loca.

—Lo que le pasa a mi niñita es que está *mu enamorá* del niño Tilman; solo había que verla hace unos meses... era la vivita imagen de la felicidad... y el pequeño Tilman siempre la ha *querío* mucho, incluso cuando no estaba a su alcance; ella fue su perdición y... si supiera que está esperando un hijo suyo... estoy segura de que lo dejaría *to* para volver a su lado.

—No lo creo, Molly. ¡Ojalá pudiera ser así! El Adam aquel no es el de ahora, el que ha planeado esta venganza; Margaux no quiere ni oír hablar de él.

Así transcurrió la velada; con los dos futuros novios hablando a solas en el porche mientras la sirvienta y Madeleine Boncoeur trataban de impedir que aquella locura siguiera adelante.

—Hágame caso; búsquese cualquier excusa y vaya a ver a Adam Tilman sin que ella se entere; tantéelo o haga que venga aquí. Yo le leeré la cartilla.

Difícil perdón

—¿Y si no quiere saber nada de Margaux? —preguntó nerviosa Madeleine.

Se estaba dejando convencer por la sirvienta y si su prima se enteraba podría enfadarse terriblemente. Con la actitud caprichosa e hipersensible que tenía a causa del embarazo, su posible reacción la desasosegaba. Por otro lado, le parecía que era lo más correcto y lo más lógico. Era una locura casarse con Brissond y más locura aún intentar engañar a todos haciéndose pasar en San Francisco por una viuda para luego regresar de nuevo a Charleston con un retoño. No se podía construir toda una vida basada en mentiras. ¿Qué sería de aquel bebé? ¿Crecería sin saber quién era su padre?

—No lo piense más, señorita Madeleine, y haga caso a esta vieja que sabe mucho más que ustedes dos de la vida. Busque a Adam Tilman y de una manera u otra explíquele lo que está pasando. Seguro que él se hace cargo de la criatura y de la madre, y si no fuera así... podrá dejar sin cargo de conciencia que la señorita Margaux siga con sus planes.

—Está bien, Molly, me has convencido. Espero encontrar un motivo por el que ausentarme unos días sin que ella sospeche. Está muy susceptible y sabiendo como sabe que me opongo a este compromiso, hará lo imposible porque no me ausente; tienes que ayudarme.

Unos días después, tras recibir carta de Edmund, Madeleine se ofreció a ir a la ciudad para tratar con él todos los asuntos pendientes e informar a la familia Lemoine de los planes de boda de Margaux. Cuando todos supieran de su intención, se quedarían helados. Esperaba poder hablar con Adam y evitar que su prima cometiera la mayor locura de su vida; tal vez ella no se diera cuenta ahora, pero tarde o temprano se arrepentiría. Con esa idea partió. Esperaba que Adam no la defraudase y, como decía Molly, se hiciera cargo de la situación.

Capítulo 15

—Será una broma... —dijo asombrada Hortense a su prima cuando esta terminó de contar a la familia que Margaux había decidido casarse con un hombre de más de cincuenta años.

—Ninguna broma; se ha vuelto loca y ha decidido que así resolverá todos sus problemas de un golpe —contestó Madeleine sin pensar.

Hortense elevó la ceja a modo de interrogación y Madeleine disimuló; no podía irse de la lengua; no debían saber aún lo del embarazo... ya habría tiempo de contárselo.

—Louis Brissond siempre fue un caballero; habría preferido a Jacques, pero si a mi sobrina le gustan más maduritos... —se limitó a contestar tía Marion mientras se limpiaba con la servilleta.

La familia se había reunido al completo para cenar y poder hablar con Madeleine de los trabajos en la finca; todos estaban asombrados con la inesperada noticia, especialmente Edmund.

Al señor Lemoine le habían sentado a la cabecera de la mesa, pero se mantenía ausente, ajeno a la conversación; había ocasiones en que parecía reconocerles, pero en general seguía igual que antes de la operación. Aunque estaba algo mejor de las piernas, la cabeza seguía teniéndola igual de perdida. Tía Marion le sirvió las patatas hervidas y el pescado e intentó hacerle comprender que su hija mayor iba a casarse y además iba a hacerlo con un antiguo colega suyo, pero el hombre no reaccionó. Al otro lado de la mesa, Hortense no paraba de preguntarle cosas a su prima mientras Edmund guardaba silencio; finalmente, se decidió a hablar.

—Espero que no haya sido por dinero; me sentiría ofendido —dijo dirigiéndose a Madeleine—. Yo puedo seguir pagando los recibos a Tilman mientras buscamos un comprador. Margaux sabe que puede pedirme eso y más... ya somos familia.

—Lo sabe —le contestó Madeleine intentando tranquilizar a un tipo tan espabilado como ese sin

Difícil perdón

sincerarse. Le recordó lo mal que había llevado Margaux los chismes que la acusaban de mujer abandonada; el golpe que aquello había sido para su orgullo; la necesidad a su edad de encontrar un marido o quedarse soltera para siempre y lo bien que le vendría una manita de ayuda con la plantación...—. Además, últimamente no para de hablar de cuánto le gustaría ser madre —añadió.

—No lo entiendo —dijo Hortense—. Si tantas ganas tenía de tener hijos podía haberlos tenido con Jacques, que es un tipo mucho más joven y saludable... ¿Deja a Jacques para casarse con ese viejales que es casi de la edad de nuestro propio padre? ¿Qué tornillo se le ha caído? ¿Por qué no ha venido ella en persona a contárnoslo? ¿Le da vergüenza?

—No, claro que no; ya sabes que últimamente está delicada —se explicó Madeleine mientras el servicio comenzaba a retirar los platos y el mayordomo le acercaba a Edmund la prensa.

El joven la abrió y echó un vistazo a las noticias.

—Mira, aquí le tenemos —dijo señalando con la barbilla un texto—. Tilman ha comprado las dos naves nuevas que se han construido en el muelle. Al parecer, quiere aumentar la flota de ferris.

—¡Maldito desgraciado! No me lo recuerdes

—le dijo su novia—. Seguro que parte de la culpa de la precipitada decisión de Margaux la tiene él... Bien que nos la ha jugado. ¡Desagradecido!

Madeleine asintió con la cabeza. ¡Si ellos supieran...!

Dos días después, la señorita Boncoeur reunió el coraje necesario para acercarse a las oficinas Tilman.

Necesitaba tantear el terreno, averiguar cómo decirle a su propietario que iba a ser padre... Estaba nerviosa; sabía que con aquella visita traicionaba la confianza de su prima, pero no podía hacer otra cosa. No se lo diría de sopetón, valoraría primero la situación y actuaría en consecuencia.

En los bancos de la planta baja se preparó para esperar todo el tiempo que fuese necesario a ser recibida, pero no hizo falta; instantes después de ser anunciada, era recibida en su despacho.

La luz que entraba a raudales por el gran ventanal que daba a la calle principal la deslumbró al entrar. El hombre se levantó educadamente a recibirla y, besándole con cortesía la mano, le ofreció que se sentase en el sillón de cuero situado frente al suyo. Madeleine tuvo tiempo de echarle un vistazo.

Difícil perdón

Parecía cansado; tenía bolsas debajo los ojos y el cutis y el pelo sin brillo. Él parecía mirarla con ansiedad y sin dar tiempo a Madeleine a decir nada, preguntó:

—¿Está bien la señorita Lemoine? ¿Le ha pasado algo?

—No... Bueno... de eso me gustaría hablarle; de eso y de otro tema —dijo sacando el sobre que Louis Brissond había dado a su prometida para que finiquitara sus deudas—. Tome.

—Vaya, veo que han conseguido enseguida el dinero... aunque aún no tengan la cosecha —añadió mirándola—. De todas formas, no necesito que me paguen ya mismo, pueden quedárselo e irme pagando mensualmente; así, si necesitasen ese dinero para una urgencia, podrían echar mano de él. La señorita Lemoine sabe que si necesita retrasar los pagos, puede hacerlo.

—Es ella quien me ha pedido que le entregue el dinero ya; desea cancelar la deuda cuanto antes.

—Comprendo... si eso es to... —Adam parecía querer alargar la conversación, pero no encontraba el modo; finalmente añadió—: Si necesitan cualquier cosa, no duden en pedírmelo.

—¿Cualquier cosa? —se atrevió Madeleine a preguntarle mirándole inquisitiva.

Adam la miró y la animó a proseguir.

—Mi prima le necesita... Ahora que ya ha culminado su venganza, ¿cree que...?

—Por favor, no hable así, se lo ruego —la interrumpió él, pero sin negarlo—. Si su prima me necesita para lo que sea, aquí me tiene —dijo y su voz sonó suplicante, como si esperase ansioso que aquella mujer le dijese qué tenía que hacer, en qué podía ayudar a Margaux Lemoine... cómo podía volver a acercarse a ella, cómo podía resolver la situación que él mismo había creado.

Madeleine se levantó indecisa del sillón y se acercó a la ventana.

Sobre la mesa vio la pluma que su prima le había regalado a Adam tras su reencuentro, la reconoció porque la habían comprado juntas, y aquello le pareció buena señal, de modo que decidió continuar.

—¿Está usted seguro de querer casarse con la señorita Clapton? —le preguntó de sopetón.

—Ese es un tema... muy personal —contestó él mirándola extrañado—, pero habría cosas por las que podría reconsiderar mi decisión.

—¿Cosas como ser padre... con otra mujer? ¿Le parece eso suficientemente importante?

Adam Tilman palideció. Se acercó inmediata-

Difícil perdón

mente a Madeleine y la giró hacia él tirándole del codo.

—Repita lo que acaba de decir —le suplicó más que ordenó.

—Que sus acciones han tenido consecuencias. Consecuencias muy serias.

—¿La envía la señorita Lemoine? ¿Pretende confundirme?

—No hay confusión posible y no, no me envía ella; si se entera de que estoy aquí, me mata. He venido de *motu proprio* porque creo que está usted en su derecho de saber algo tan importante: va a ser padre. Mi prima está esperando un hijo suyo.

No había terminado de explicarse cuando él se le acercó y la abrazó con toda su fuerza. Ella no dijo nada, pero se sintió gratamente sorprendida; escuchó sus suspiros y comprendió que él se sentía feliz pero nervioso; debía terminar lo que había ido a decir.

—Ella le ama y si usted la corresponde... debería dar un paso al frente, hacerse cargo de sus responsabilidades —continuó, pero él se separó bruscamente y cambió de cara.

Recuperado del impacto de la noticia, con un semblante serio como si hubiese tenido tiempo de recapacitar sobre lo que acababa de oír, volvió a sentarse frente a la mujer.

—Si es cierto eso, ¿por qué no ha sido ella la que ha venido a decírmelo? —preguntó sospechando que aquello fuera algún tipo de treta, una broma de mal gusto...

—Sabe que está terriblemente enfadada con usted. Es más: no le ha perdonado. Está convencida de que usted solo la ha utilizado para cumplir una vieja amenaza, para devolverle el daño que ella le causó siendo casi una niña. Cree que usted la sedujo para luego abandonarla y que, además, la aconsejó mal con el propósito de hundirla económicamente y robarle sus propiedades.

—¿Y aun así quiere a ese hijo que lleva en las entrañas? Conozco bien a Margaux Lemoine, seguramente mejor que usted misma... y sé que me odia; estará como loca por deshacerse de ese niño y Molly puede ayudarla sin problemas...

—Sí, es verdad; mi prima podría haber abortado y nadie habría sabido nada, pero ella ha tomado otra decisión.

—¿Está dispuesta a seguir con ese embarazo ella sola? ¿A tener un hijo *mío*? —recalcó sorprendido, anhelante—. ¿Estando soltera? ¿Sabiendo el escándalo que eso conllevará?

—Sí... pero no sé si lo que va a hacer es valentía o una locura... Va a casarse.

Difícil perdón

—¿Casarse? ¿Con quién? —preguntó, blanco—. ¿Ha vuelto con Legrand? ¿Con ese...?

—No... peor, con Louis Brissond, su nuevo vecino —le interrumpió Madeleine.

—¡¿Con ese viejo?! ¿Está mal de la cabeza?

—Pues ya ve... Ha decidido que quiere tener ese hijo y para tapar el escándalo se casará de forma inminente con Brissond si alguien no lo impide... y ese alguien solo puede ser usted. Por eso he venido... para avisarle; para que si quiere a mi prima, como asegura la vieja Molly, haga algo antes de que sea tarde para todos: para ella, para usted... y para el bebé que está por venir. Estoy segura de que usted no querrá ver a un hijo suyo con otro apellido y educado por otro padre. Mi prima, ya sabe usted, es muy terca y está muy dolida; la decisión que ha tomado es fruto de la presión a la que usted mismo la ha sometido con el tema del arrozal; su desequilibrio emocional, propio de su estado, tampoco ayuda.

Adam se levantó y de espaldas a su interlocutora le preguntó mientras encendía un cigarro:

—¿Dónde está? ¿Sigue en la plantación?

—Sí... yo espero poder regresar mañana.

—Yo iré para allá hoy mismo; saldré en un rato. Le estaré agradecido eternamente por lo que ha hecho por mí —dijo al despedirla—. No se preocupe;

Margaux y su hijo tendrán la familia que les corresponde. La convenceré, aunque sea lo último que haga en mi vida

—Gracias... Suerte. —Y se despidió estrechándole la mano, dándole ánimo; sabía que lo iba a necesitar.

Ahora estaba por ver cómo reaccionaría su prima cuando le viese aparecer, cuando supiese lo que ella había hecho. Abandonó las oficinas con el corazón ligero y feliz; satisfecha de saber que había hecho lo correcto, se pusiese Margaux como se pusiese.

—Pidan a Ron Doyle que venga a verme —ordenó Adam a uno de sus secretarios.

Hacía tiempo que no tenía contacto con el detective privado que había contratado a su regreso a Charleston para que le pusiera al día de todo lo que concerniese a los Lemoine y para otros asuntos particulares; después de casi dos años allí, ya no le necesitaba y además detestaba seguir espiando a Margaux. En un intento desesperado por desengancharse de ella, por dejar de saber de ella, le había despedido poco después de regresar de Fôret Rouge. Precisamente, lo último que le había encargado era que investigase la vida y milagros de Brissond.

A él no le había parecido trigo limpio y quería saber cómo había llegado a ser vecino de los Lemoi-

Difícil perdón

ne o qué oscuros intereses le movían. Luego se había olvidado de aquello... hasta ese momento. Mientras terminaba de cerrar unos despachos, dejaba su firma notarial para el cierre de varios negocios y mandaba que le preparasen una montura fresca, esperó nervioso en su oficina. Serían las cuatro de la tarde cuando el detective apareció. Llevaba el traje arrugado, barba de dos días y parecía algo bebido; le habían tenido que sacar de una timba de cartas en la que llevaba dos días.

—Siéntese... se le ve cansado —le dijo irónico.

El tipo tiró su sombrero sobre el perchero de la esquina y se sentó mientras le echaba una bocanada de humo a Adam a la cara. Este retiró asqueado la humareda con la mano, pero no abrió más la ventana. Hacía calor y las contraventanas estaban entornadas, dejando que pasará solo un haz de luz que desfiguraba la cara del detective.

—Usted dirá, señor Tilman. Hace mucho que no me mandaba llamar. ¿A qué se debe tanto interés?

—¿Recuerda que lo último que le pedí fue que investigara a Brissond, el vecino de la señorita Lemoine? ¿Qué consiguió averiguar? Hable —dijo impaciente al ver que Doyle parecía querer hacer memoria sin éxito, no sabía si por despecho al haber sido despedido de la noche a la mañana o por el alcohol—. Esto —dijo poniéndole un sobre con dinero encima de la mesa— le ayudará a recordar. —Ver los dólares tuvo un efecto instantáneo.

—Tenía usted razón... ese Brissond... sí... recuerdo... un mal bicho.

—Y sin embargo, parece un caballero muy formal. Vamos, suéltelo todo.

—Debajo de esa apariencia se esconde un tipo bastante bebedor, pendenciero, jugador... y violento. Se comenta que dio muy mala vida a sus dos mujeres... De hecho, a la primera, la hija de un rico comerciante de Atlanta, dicen que la mató él mismo... en un accidente. Fue en una cacería y el asunto resultó bastante turbio. Antes había llevado muy mala vida y su padre le había desheredado; cazó a esa mujer, la hija fea y solterona de un maderero, y se hizo con una buena fortuna. Mientras, iba y venía con frecuencia a Nueva Orleans, cosas del juego y del contrabando, y empezó, estando aún casado, a cortejar a la bonita hija de un conocido criollo, Nicole Gauchet. Oportunamente enviudó en Atlanta y se casó en Nueva Orleans.

—Siga —repitió Tilman poniendo otro billete en la mesa, y el otro continuó.

—No sé si huyendo de las deudas, de las malas compañías, o de su suegro, que no le tenía en mucho

Difícil perdón

aprecio, vino a Charleston. Aquí aparentaron ser una familia corriente. Su mujer se relacionaba socialmente poco, pero todo el mundo la tenía por una gran señora. Algunos de mis contactos me aseguraron que le daba palizas y le tenía restringido el acceso a su propio dinero. Tuvieron tres hijos. Dos murieron en la guerra y un tercero, con el que al parecer no se habla, reside en el extranjero. A diferencia de otros, no se quedó aquí a sufrir la entrada de los yanquis y huyó a Inglaterra con su dinero. Los criollos importantes no le hablan, le tienen por un traidor; solo se relaciona con borrachos, jugadores a los que hace préstamos y luego chantajea o con el hampa. Entre los que le deben pasta está Jacques Legrand.

—¿Podría estar en peligro la señorita Lemoine con él cerca? —le preguntó angustiado.

—Sí... me temo que sí. Es un bebedor, pero no un borracho bullicioso... no, es un tipo violento. De los que beben y la pagan a golpes con la parienta, ya me entiende...

Adam despidió al detective quedándose más inquieto de lo que ya estaba; no sabía si el propósito de Brissond para proponer matrimonio a Margaux era tener descendencia, un hijo a quien ceder su herencia, o hacerse con una esclava para satisfacer sus más bajos instintos; otro motivo podría ser utilizarla para intentar forzar su entrada en el endogámico mundo de la aristocracia charlestoniana, un reducido grupo de caballeros del que parecía excluido. Su dinero no había podido comprar nunca una posición destacada en la sociedad de la ciudad y tal vez hubiese apostado, ya en su vejez, por lograrlo mediante un nuevo matrimonio, esta vez con una Lemoine.

Como alma que lleva el diablo, Adam cabalgó durante horas hasta llegar a la plantación. La tarde empezaba a decaer y un hermoso crepúsculo rosado teñía de púrpura el firmamento. Lleno de polvo y con el corazón latiéndole a mil por hora, desmontó, entregó las riendas de su caballo a uno de los criados y corrió a las cocinas. Allí estaba la vieja cocinera que se santiguó al verle llegar; uniendo sus manos, agradeció a los cielos que hubiese aparecido.

—¿Dónde está la señorita Margaux? —le preguntó directamente, pero la vieja empezó a mover negativamente la cabeza—. ¿Qué quieres decir con ese gesto? ¿Que no está? ¿Adónde ha...?

—Señorito Tilman... gracias a Dios que ha venido... La señorita se fue ayer... ¡y no ha regresado! Ella me dijo que volvería por la tarde y no volvió... He *mandao* a Jeremy a buscarla a la plantación del vecino... pero me han dicho que habían salido los dos...

Difícil perdón

—¿No volvió? —preguntó alarmado Adam—. ¿Sin avisarte previamente?

—No es propio de ella... no señor —dijo nerviosa, colocándose el mandil—. Temo que algo raro haya *pasao*. Ese *desgraciao* la invitó a almorzar a su casa; me dijo que regresaría por la tarde... pero no volvió. El día anterior habían *regañao*... La señorita parecía haberse pensado mejor lo de la boda y le había pedido tiempo; no precipitarse... él quería ir *mu* deprisa y no se lo tomó *mu* bien; la acusó de haberse *dejao* manipular por su prima... La señorita Madeleine se oponía a esa boda y él lo sabía. Al principio el ama no nos escuchó; estaba decidida a seguir adelante con sus planes... pero supongo que según pasaban los días debió de ir cambiando de opinión. Cuando se fue ayer, me dijo que hablaría con él... que le pediría un aplazamiento y...

—Cálmate... pensemos. ¿Dónde pueden haber ido? ¿Qué crees que puede haber pasado?

—No sé, tal vez la haya forzado... o la haya obligado a casarse... Si es así, necesitaría un sacerdote... El único que hay cerca es el padre Gabriel, en Dolson.

—Está bien. Yo iré a buscarle y hablaré con él; ahora, organicémonos. Llama con el caldero a todos los hombres. Organizaremos una batida para buscarla —dijo, sintiendo el corazón en la boca—. No pueden haber ido muy lejos.

Media hora después grupos de hombres se repartían la tarea y comenzaban la búsqueda, mientras él, más asustado que nunca, se dirigía a la parroquia. Era de noche cuando pudo entrevistarse con el padre Gabriel que, efectivamente, le contó que había casado esa misma mañana a la pareja sin entrar en más preámbulos.

—¿Pero ella... estaba bien? ¿No se la veía forzada, drogada...? —preguntó Adam alarmado.

—Pues ahora que lo dice —contestó el anciano—, un poco rara sí que parecía, pero...

—¿Le han dicho adónde iban? — preguntó impaciente.

—No, a mí no... pero les he oído —contestó con sonrisa picaruela el sacerdote—. El señor Brissond estaba tranquilizándola y le estaba diciendo que la llevaría a Nueva Orleans. Deben de haber regresado a Charleston... No puedo decirle más.

Adam le agradeció la información y regresó a la plantación. Tal vez ellos ya hubieran llegado a la ciudad, pero habrían avisado en casa de Brissond... Habría dado órdenes de enviar su ropa y sus maletas a la ciudad, a su casa, que según tenía entendido estaba en obras, o a algún hotel.

Difícil perdón

Ya en sus tierras consiguió hablar con un joven sirviente negro que le ratificó sus sospechas: habían enviado las maletas del señor al hotel Davenport, cerca del puerto de Charleston... ¡a escasas cinco manzanas de sus oficinas! Maldijo por lo bajo, y poco después se montaba en la barca. Era de madrugada cuando entró en la ciudad.

El vestíbulo del hotel estaba silencioso, pero había un mozo en recepción. Le confirmaron que el señor Brissond y su esposa se alojaban allí desde esa misma noche y por un momento se preguntó si no estaría haciendo el ridículo.¿La había secuestrado Brissond para forzar la boda al dudar ella de seguir adelante o simplemente ella había accedido a casarse con él ante el temor de que su familia lo impidiese?

Dubitativo, pidió una habitación en la misma planta, la tercera, y allí se encerró. Cuando las criadas desaparecieron salió al pasillo, buscó la puerta trescientos veintiuno, en la que los Brissond se habían alojado, y pegó la oreja a la puerta; no oyó nada. ¿Debía llamar a esas horas? Resultaba imposible encontrar una excusa mínimamente creíble que le permitiera llamar a las dos de la mañana. Durante un buen rato se quedó allí fuera, sentado en la moqueta del pasillo, sin saber qué hacer; finalmente se decidió... Llamaría y la vería. Si notaba que ella estaba tranquila y feliz... se haría el borracho; diría que estaba abajo, en el bar, cerrando un negocio, había sabido de su boda y había subido a felicitarles... Si notaba algo raro, la sacaría de allí inmediatamente. Sin pensárselo dos veces, llamó.

—¿Qué hace usted aquí? ¿Qué diablos quiere? —le preguntó Brissond en bata nada más abrirle.

Adam, haciéndose el borracho, empujó la puerta y se coló en la suite; había un ramo de flores en la mesa principal y una sola maleta.

—¡*Feligggdcidades*... pilluelo! ¿Dóndeeee *estággg* la *señoritttgag* Lemoine...?

—¡Váyase! Si no sale inmediatamente de aquí, llamo a la policía —le dijo Brissond empujándole.

Aquello no le gustó a Adam y le empotró contra la pared de un puñetazo, tras lo cual se dirigió a toda velocidad al dormitorio. Margaux estaba en la cama... dormida. Corrió a su lado, extrañado de que no se hubiese despertado con el estrépito, y al cogerle la mano comprobó que estaba en un profundo sopor... drogada. Se volvió para preguntar al canalla de Brissond qué le había hecho cuando este le disparó un tiro. El reflejo del arma le hizo tirarse al suelo, pero la bala le rozó y le hirió en un costado.

Brissond se disponía a rematarle, con una mirada ciega de cólera, cuando Adam sacó su propio revól-

Difícil perdón

ver y le disparó; no falló. La bala le atravesó el abdomen y Brissond quedó tirado en el suelo. Arrastrándose por el suelo, Adam logró tirar de la campanilla y llamar al servicio; unos minutos después Margaux y él eran atendidos mientras la policía retiraba el cuerpo sin vida de Brissond. El escándalo al día siguiente sería mayúsculo en la ciudad, pero Adam estaba tranquilo.

Unas horas después, ya curado, se acercó a ver a Margaux que poco a poco iba volviendo en sí gracias a la ayuda médica. Ella, con lágrimas en los ojos, visiblemente asustada, le tendió los brazos. Ambos se fundieron en un largo beso mientras las enfermeras aplaudían y un agente de policía esperaba fuera del cuarto para tomarles declaración.

—¿Qué pasó? ¿Te hizo algo? ¿Te forzó?

—No... no llegó... ¡Oh, Adam... has sido providencial! ¿Cómo me encontraste? ¿Cómo supiste...?

—Tu prima Madeleine me avisó, me lo contó todo. ¿Cómo has podido pensar en casarte con otro cuando llevas un hijo mío en tus entrañas? ¿Ibas a ocultarme algo así? ¿Tanto me odias?

—¡Perdóname! ¡Soy tan estúpida! Te odiaba... o te odio... no sé —dijo limpiándose las lágrimas—. ¿Y tú me preguntas que cómo he podido hacer algo así? ¿Tú? ¿Cómo pudiste abandonarme, arruinarme? ¿De verdad ibas a seguir adelante con tu boda?

—Perdóname... yo sí que he sido un verdadero estúpido. Creí que tenía que cumplir el juramento que un día me hice a mí mismo y te he puesto en peligro. Si te hubiese pasado algo, jamás me lo habría perdonado. Jamás. Margaux Lemoine... ¿quieres casarte conmigo?

—¿Lo dices en serio? ¿Me quieres? ¿De verdad?

—Sabes que siempre te he amado. Además, te dije aquella primera vez que vendría a buscarte, que tarde o temprano serías mi mujer... ¿Qué me dices?

—Que sí...

ÚLTIMOS TÍTULOS PUBLICADOS EN HQN

Días de verano de Susan Mallery

La promesa de un beso de Sarah McCarty

Los colores del asesino de Heather Graham

Deshonrada de Julia Justiss

Un jardín de verano de Sherryl Woods

Al desnudo de Megan Hart

Noches de verano de Susan Mallery

Érase una vez un escándalo de Delilah Marvelle

Perseguida de Brenda Novak

El anhelo más oscuro de Gena Showalter

Provócame de Victoria Dalh

Falsas cartas de amor de Nicola Cornick

Aquel verano de Susan Mallery

Cuatro días en Londres de Erika Fiorucci

Sin salida de Brenda Novak

La misteriosa dama de Julia Justiss

SHERRYL WOODS
Dulce amanecer

Amanda O'Leary jamás había pretendido enamorarse del hombre más guapo e inalcanzable de Carolina del Sur. Pero Caleb la había ayudado a crear un hogar acogedor en un momento en el que el futuro parecía negro como un túnel sin salida. Ni siquiera su padre, el rico y arrogante Big Max, habría hecho algo así por ella. Pero eso no importaba porque Caleb era un hombre de Dios...

Caleb no tenía dedos para contar las razones por las que no estaba bien sentir lo que sentía por Amanda. ¿Cómo iba a poder servir de consejero a aquella fierecilla de mujer y conseguir que no se le descontrolaran las emociones y la imaginación? Ahora que Big Max había echado sobre sus hombros la carga de dos importantes secretos, Caleb debía ayudar a que padre e hija se reconciliaran, pero antes deseaba hacerse un lugar en el corazón de Amanda...

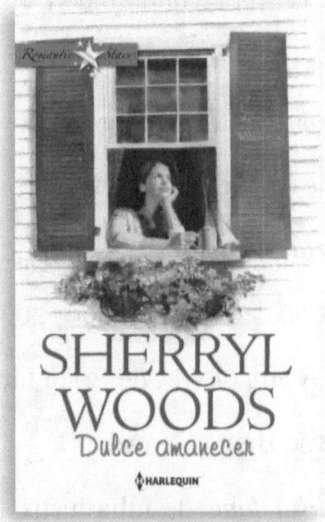

No. 82

KRISTAN HIGGINS
Solo un chico más

Ser tratada como si fuera un chico más no era tan divertido como podría parecer, de modo que tras volver a su ciudad natal, la periodista Chastity O'Neill decidió que ya iba siendo hora de utilizar sus armas de mujer. Sin embargo, tenía dos pequeños problemas: en primer lugar, Chastity era una fuerza femenina de un metro ochenta y fuerte como una roca, y, en segundo lugar, tenía cuatro hermanos mayores, que seguían tratándola como si fuera uno más del grupo.

Mientras estaba haciendo un reportaje sobre los héroes de la ciudad, conoció a un atractivo doctor y las cosas comenzaron a mejorar. Ya solo tendría que olvidarse definitivamente de Trevor Meade, su primer amor y la única relación que todavía no había superado.

Pero cuanto más tiempo pasaba con su doctor, más pensaba en el irresistible Trevor. Aunque parecía que él sí que había superado su amor de juventud.

N° 49

¡YA EN TU PUNTO DE VENTA!

CHRISTINE MERRILL

El mayor pecado

Ceder a la tentación era algo imposible...

Después de haber pasado seis años creyendo una mentira sobre su origen, y condenado a un infierno personal, el doctor Samuel Hastings se enfrentó por fin al objeto de sus deseos, la única mujer a la que nunca podría tener...

Lady Evelyn Thorne estaba a punto de casarse con el muy conveniente duque de Saint Aldric cuando una impresionante verdad fue revelada... ¡y a partir de aquel momento, Sam se convirtió en un hombre diferente y no le daba tregua con tal de seducirla!

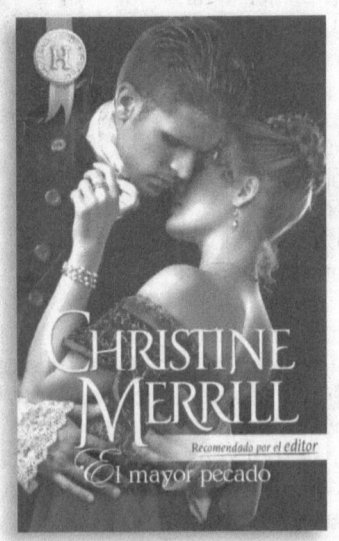

N° 543

¡YA EN TU PUNTO DE VENTA!

www.ingramcontent.com/pod-product-compliance
Lightning Source LLC
LaVergne TN
LVHW030343070526
838199LV00067B/6427